KB199171

속산정무한
續山情無限

시와함께(Along with Poetry) 시인선 035

속산정무한
續山情無限

이수오 시집

시와함께 넓은마루

　산을 본격적으로 가까이 한 지가 근 45년 정도 된
다. 그래도 아직 산이 무엇인가, 잘 모른다. 마치 80을
살아도 인생이 무엇인가, 잘 모르는 것과 같다. 처음
에는 산을 분석적으로 파악했지만, 지금은 산을 융합
적으로 이해하고 느낀다. 그리하여 이제 산은 나의 일
부가 되었고, 나는 산의 일부가 되었다.

　세상에 큰 것으로는 하늘과 땅 그리고 사람이 있다.
하늘과 땅이 융합된 것이 산이라고 본다면, 세상을 산
과 사람의 둘로 압축해서 봐도 좋으리라는 생각이다.
즉 산은 바로 하늘이고 땅이 되며, 이를 일컬어 대자
연이라고 하겠다. 산을 잘 알 수 없는 것은 산이 대자

연이기 때문이다. 대자연을 제대로 이해하는 것은 참으로 어려운 일이다.

세상의 일을 사람끼리만 모여서 해결하려고 한다면 대단히 어렵다. 오히려 분쟁과 갈등을 끊임없이 키운다. 이것이 인류의 역사 아닌가. 사람은 산[하늘과 땅]을 떠나서는 편안할 수가 없다. 진정한 즐거움도 없다. 삶의 기준이 산[하늘과 땅]과의 관계에서 설정될 때, 모든 것이 보다 자연스럽고 순리대로 펼쳐질 것이라는 생각이다.

산은 바라보기만 해도 좋고, 산의 그늘에 들거나 오르면 더욱 좋다. 산과 함께 건너왔던 저 아득한 시공을 되돌려 시편으로 엮는다. 이 시집은 이미 발간된 시집 『산정무한』의 속간이다.

2025 신춘 자은산방에서
자은 이수오

| 차례 |

시인의 말 – 4

산 · 201

후덕厚德하구나, 정선의 가리왕산
만물은 모두 지나가는 길손인가
잠깐 머물다 가라며 부르네
자중하며 땀을 쥐고 장구목이에서 오르니
굳셈과 부드러움으로 나의 몽매를 풀고
지덕地德이 무엇인가, 천덕天德을 가르친다

정상은 하늘에 닿은 땅이라
음양의 조화로 만물이 통리通利하네
그 아래 수많은 계곡에 물길은 천리다
문득 구름을 밀고 가던 바람이 되돌아와
삶의 애환을 뿌린다, 그래서 정선아리랑인가

이끼계곡에서 숲의 요정을 만난다
이끼들, 얼마나 눈부신 생명의 힘인가
태고적 우주적 진화를 거듭하고 거듭하니
밀림을 관류하는 물줄기는 마냥 즐겁다

한때 심마니의 발걸음이 잦았던 어은계곡에서
아직도 이무기는 용의 문을 넘보며
그 아래 용탄천에 열목어를 풀어놓는다
이윽고 계곡의 바람들이 다투어 하늘로 오르니
만물도 과감하게 천도天道를 따른다

산 · 202

누가 일찍이 말했던가
"칠선계곡을 가보지 않고서 지리산을 안다고 말하지 마라"
45년 전의 일인가, 지리산 첫 산행길이다
5월의 신록에 마음이 흰 구름처럼 가벼워져
칠선계곡으로 지리의 천왕봉에 오른다
때맞춰 찾아든 큰 가뭄으로
계곡의 물줄기는 발 아래에 잦아들고
우거진 원시림은 길을 잘 허락하지 않는다

천왕봉 중봉 제석봉 하봉의 물이 쏟아져
7개의 폭포, 33개의 소를 만들고 흘립한 칠선계곡
지리의 가슴팍을 타고 오르는 수행길이다
선녀탕에는 일곱 선녀의 승천을 도왔던
그 사향노루, 하늘에 뿔을 걸어놓고 한가히 노닌다
비선담부터 신선의 길, 승천의 길이 시작된다

사람이 산에 제대로 들면 선仙의 경지인가
숲을 헤치고 물길을 넘나들며 암벽을 오르고
하늘을 머리에 이고 정갈하게 마음을 가다듬는다
한걸음 한걸음에서 나한羅漢을 볼 것인가
걸어온 길은 흔적이 없고 하늘 한자락만 눈에 든다
이윽고 정상에서 맞는 일출, 번뇌는 한순간 떠나고
지리의 큰 지혜에 내 모든 것을 내맡긴다
비로소 나는 산이 되고 산은 내가 되었다

산 · 203

가을의 문은 설악의 대청봉에 있다
가을이 어떻게 어디쯤 오고 있는지
한계령에서 서북능선으로 대청봉에 오른다
북쪽 장엄한 능선과 길고긴 계곡을 살피며
남쪽 점봉의 머리와 그 아래 골을 헤아린다
하늘과 동해의 푸르름을 안고 있는 대청에 서니
내 몸의 모든 것들이 한결 가벼워진다

가을의 문은 누가 무엇이 여는가
북녘 금강산이 다가와 두드리는가
동해의 억센 바람이 달려들어 여는가
저 높은 창공의 청기淸氣가 내려와 연다
본디 설악은 하늘 아래 지극한 산이라
만물이 한자리에 오래 머물지 않게 한다
저 아래 여름이 지나가는 것을 물끄러미 보더니
가을의 문을 열고 새롭게 만물과 소통한다

하늘은 산속으로 내려들어 비축되고

산은 아래를 중히 여겨 가을을 내려 결실하니

세상은 점차 두터워지고 편안한 집이 된다

너무 탐하여 저만을 위하지 말 것이라며

삼가고 절제하라는 설악은 언제나 웅대하다

아래는 위를 믿고 우러러 보며

위는 유순하게 아래를 마주 대하니

계절은 고요하게 천도天道를 따른다

산 · 204

7월의 장마가 소강을 보이자
서둘러 연변을 거쳐 백두에 오른다
검푸른 천지는 작은 새들이 지나가며
억겁의 침묵, 그 깊이를 알 수 없어
한낱 부나비 같은 나로서는 감당이 안된다

백두산은 산상유수山上有水 형국이라
본시 산 위에 큰 물이 있으면
산의 기운은 물의 함정에 잃고 만다
난생 처음 서 보는 백두이지만
백두의 기상은 느낄 수 없어 서글프고
한반도의 비극상이 천지에 어른거린다

삼팔선 북녘의 땅이 버림받는 것도
백두의 치유를 망각한 바람의 탓인가
자신으로 돌아가 덕을 닦아 익히는 일이
당장 이 땅에 사는 자의 몫이 아닌가
작은 것이 떨쳐나 힘을 발휘하면

어지러운 세상이 끝없이 빚어지고 만다
백두의 하늘을 우러러 무욕에 이르면
다 함께 교감하여 일마다 막힘이 없으리라

산·205

지리산 능선에 서면
홀연히 시공 저 너머로 내닿는다
오늘은 남부능선의 음양수샘, 그리고
주능선의 선비샘에서 지리의 응답을 듣는다

화개에서 대성골 거치면 남부능선이다
골이 깊어 숨어들기에 알맞음 때문인가
한때 빨치산 근거지였던 대성골,
이쪽저쪽 이념의 포화에 일그러졌지만
지금은 울창한 수림 울리는 폭포의 세상이다

영신봉이 낙남정맥을 내놓은 남부능선 그곳,
음양수샘은 나뭇꾼과 선녀를 아직도 기다린다
음수와 양수가 조화를 이루어 생명이 잉태되고
섬진강의 발원으로 남녘의 풍요가 약속된다
영신대는 영혼의 안식을 찾는 은자들의 몫인가
바람이 구름에 취해 하늘을 헤집고 다닌다

덕평봉 아래는 천상의 동네였던가
화전으로 한 많은 세월이 흘렀지만 지금은,
선비샘이 무덤 하나 머리에 얹고
오가는 산객들 모두 불러 갈증을 풀어준다
그대들이 선비인가, 빳빳한 고개 한번 숙이게나
지리의 능선길은 선비가 되는 길이라네

산 · 206

물은 아래로 내려가고 산은 위로 올라가며
하늘이 내려와 산중에 가득하니
자연의 도리를 다하는 무릉武陵이구나

두타산 청옥산이 지켜가는 무릉계곡
백덕산 사자산이 빛어내는 백년계곡
오대산 노인봉이 흘러내리는 소금강계곡
우두산 의상봉이 거느리는 고견계곡
지리산 삼신봉이 품어가는 묵계계곡
설악산 대청봉이 내뻗치는 수렴계곡

별유천지비인간別有天地非人間인가
청학靑鶴을 그리워하는 발걸음이 잦다
한번은 뛰어넘어야 할 생멸의 저 경계,
신선의 그림자를 밟으려 나선다

산은 높이 오를수록 마음이 더욱 깊어진다

아무런 행함이 없어지는 그곳에서

두 손을 벌려 하늘을 우러러 받들고

두 발을 벌려 땅 위에 경건히 서니

궁함을 다하는 천지의 덕을 얻는다

산 · 207

가고 오고 하는 변화의 흐름 가운데서
멈춤은 세상과 나를 바르게 보게 해준다
멈춤과 움직임의 자연의 이치는 무엇인가
때가 멈출 만하면 바로 멈추고
때가 갈 만하면 바로 가는 것이다
내가 땀 흘리며 산에 오르는 것은
때 맞는 멈춤을 터득하기 위해서다

산은 본시 모든 흐름을 때맞춰 멈추게 한다
씩씩거리며 불어오는 바람을 멈추게 하고
세차게 쏟아지는 빗줄기도 멈추게 하고
하늘을 찢을 듯 굉음을 내는 우레도 멈추게 하고
할 일 없이 이리저리 다니는 구름도 멈추게 하고
화를 내며 다가오는 사람도 금방 멈추게 한다

산을 오르며 숨이 차거나 발이 아프면 멈추게 한다
오욕칠정으로 찌든 몸으로 오르면

온갖 지각을 끊고 마음 쓰기를 멈추게 한다

멈추고 또 멈추는 도타운 멈춤에 이르면

한결같은 진실로 미더워져 허물이 없게 된다

산 · 208

산은 어떤 바람도 가리지 않는다
산에 나무가 있는 것은 바람 때문이다
바람은 나무 그 자체와 같다
바람은 땅을 흔들어 나무를 낳고 기른다
바람은 하늘의 별을 따다 나무를 장식하고
하늘의 나그네 구름을 불러 나무를 벗하게 한다

바람이 불어들면 나무는 즐겁게 흔들린다
나무가 흔들리는 것은 순리를 따름이다
나무처럼 공손한 것이 또 있으랴

바람은 변화다
변화를 시도하지 않으면 버려진다
저기 쑥쑥 자라는 나무가 있다
또한 꺾이고 쓰러진 나무도 있다
그 차이는 전진과 향상의 앎에 있다

바람이 부는 것은 소통과 깨우침에 있다
하늘의 뜻을 온 산에 알려서
생명의 고귀함을 쉼없이 일깨운다
굳셈과 부드러움의 분수를 알아 지켜서
스스로가 무욕으로 험난함을 내치게 한다
무너지는 일을 다스려서 천덕天德을 기른다

산·209

거문도는 큰 문사文士들의 곳인가
바다의 은자들이 흰 갈매기로 날아오른다
불탄봉에서 내려다본 거문도항은
영국군 일본군 점령의 아픈 역사 때문인가
녹산등대에서 거문도등대에 이르는 길은
이슬비에 젖고 이리저리 뒤척거린다

거친 바닷길로 백도에 이르니
하얀 바위섬들이 무리지어 떠오른다
한순간에 나도 모르게 망연자실에 빠진다
이렇게도 맑고 티끌 하나 없을 수 있을까
나아갈 수도, 물러설 수도 없는 저 경계에
세속의 번뇌는 발붙일 틈새조차 없다

자신에게 추상같은 자가 아니라면
저 암벽을 부단히 때리는 파도를 어찌 견디리
얼마나 참아내야 저렇게 의연할 수 있을까

갇힘에서 벗어나면 저렇게 자유로울까
지극한 고독만이 존재의 뿌리가 되는가

인생은 한낱 몽환이었나
창해일속滄海一粟, 내 작은 존재는
선정에 빠진 저 바위들의 힘을 빌려
속진을 벗고 잠시 방외方外에 머문다

산·210

산과 물은 쉼없이 사람을 기른다
도추道樞가 약한가
명도산明道山에 올라 볼 일이다
덕량德量이 부족한가
명덕산明德山에 올라 볼 일이다

명도와 명덕은 도덕으로 들어가는 문의 두 기둥.
문 안에는 운장산에서 발원된 주자천이 흐른다
청산을 울리는 옥수의 저 엄정한 소리,
송의 주자가 도학을 강론하는 듯하다

울창한 숲, 기암절벽 저 위쪽 하늘은
햇빛은 스치는 듯하고 구름이 가득하다
예부터 운일암 반일암이라니 더없이 유현하고
자연 그대로의 원시림이라 선경을 이룬다
도와 덕은 이런 곳에서 깊이 뿌리를 내리는가

북두칠성의 별 하나를 따는 것인가

명도산을 오르는 길은 험난하다

바위 모서리 스치는 골바람의 목덜미 잡고

산정에 앉아 있는 구름으로 향한다

도의 지도리를 찾아 힘껏 당기지 않으면

도의 문은 좀체로 열리지 않는구나

산 · 211

오늘은 청학을 거느리는 노인을 뵈러 간다
진고개에서 동대산을 등지고 노인봉에 오른다
이미 해발을 한껏 높인 터라 발걸음이 가볍다
백두대간에서 만산을 조율하는 신선 같은 노인
그 옆에 서니 하늘의 반은 발 아래에 있고
넉넉해진 마음에 속기를 털어 버린다
노인은 학의 그림자가 내리는 청학천을 가르킨다

서둘러 내려서는 청학천은 꿈속의 길이다
맑디 맑은 물에 만물은 제 각각 얼굴을 담근다
번갈아 이어지는 소 담 폭에 어우러지는
저 기암절벽 반석 청송 바람 구름 하늘
무릉의 선경인가, 청학과 노니는 신선들 뿐이다
옥황상제가 노닐며 선녀가 목욕하고
율곡은 구름의 그림자 쫓아 청학산기행을 쓴다

고려에 운명을 맡긴 신라의 비운인가

구룡폭포 상류 아미산성에 마의태자가 홀로 섰다

천하의 절경인들 그의 심장부에 닿을까

두보가 읊는다, 국파산하재國破山河在

나라가 망해도 산하는 여전히 그대로 남는다

숙연해지는 발걸음으로 무릉계를 나선다

산 · 212

산은 나무이고, 나무는 산이다
산은 땅의 음기로 애써 나무를 낳고
하늘의 양기로 애써 나무를 기른다
산은 허정한 멈춤으로 쌓은 나무의 성채다

산은 바람을 불러다가 나무의 벗이 되게 한다
바람은 산의 뜻대로 움직인다
때로는 강강剛强하게 나무의 뿌리를 키우고
때로는 유순柔順하게 나무의 잎을 펼친다
산은 구름을 데려다가 나무를 키운다
구름은 산의 뜻에 순종한다
때로는 강렬한 햇빛을 막아 그늘을 만들고
때로는 달콤한 비를 내려 생기를 돋운다

나무는 산의 정령이고 기상이다
나무가 없는 산은 산이 아니다
쌓아놓은 흙이고 앉히거나 세워놓은 바위다

나무는 현덕과 겸손으로 세파를 헤쳐가며
그 아래 숱한 생명을 용납하여 기른다

한줌 흙을 쌓아가면 큰 산이 되고
작은 삶을 쌓아가면 큰 나무가 된다
전진하고 향상하는 순리에 따름이며
때를 놓치지 않는 형통亨通의 결과다
산에 오르고 나무 밑에 서는 것은
하늘과 땅의 덕德을 얻으려 함인가

산 · 213

백세청풍百世淸風을 만날 수 있을까
곡성의 진산 동악산에 오른다
산은 선율에 따라 움직이며 노래하고
수림 속의 암반과 계류는 맑고 눈부시다

청류계곡은 삼남三南의 으뜸이라
웅대한 반석을 끼고 타고 흐르는 청수는
소 담 폭 대를 만들며 절경을 자랑한다
예부터 불심佛心과 도심道心의 수양처인가
도인道人의 숲이고 도道의 숲, 도림道林이다

송의 주자가 이곳 해동을 다녀간 듯이
무이구곡에 따라 청류구곡이 반듯하고
반석에는 시와 경구, 인명이 풍성하다
도道의세계를 꿈꾸었던 대사와 유림들
천리天理를 깨닫고 산의 노래를 들었는가

내 마음의 구곡은 어디에 있는가

발걸음을 재촉하여 산정에 이른다

가까이 형제봉 대장봉을 거느리고

멀리 조계산 백운산을 바라보며

아득히 섬진강 위로 흰 구름을 날려 보낸다

산 · 214

세월이 얼마나 무정하고
존재란 얼마나 가련한 것인가
설악의 짙푸르던 잎들이 그새 빨갛다고 한다
서둘러 단숨에 홀로 나선다
신흥사에서 천불동계곡으로 대청봉에 오르고
대청봉에서 서북능선으로 한계령에 닿는다

천불동계곡, 홍엽은 너무 강렬하고 뜨겁다
고요와 적막을 여지없이 깨뜨리며
내 몸에 달라붙으니 무척 긴장된다
어찌할 바를 모르는 아름다움 때문인가
앞모습을 드러내고 자랑이 한창이다

서북능선, 높이 올라 반공을 걸으니
홍엽은 저 아래서 바람에 펄럭이며
내 몸에서 점점 멀어지니 그리움이 쌓인다
어찌할 바를 모르는 외로움 때문인가

뒷모습을 내밀며 스스로를 위로한다

시간 앞에 존재란 가련할 뿐인가
여름이 어떠했음을 분명히 기억하고
겨울이 어떠할 것임을 엄정히 예견하며
스스로를 자랑하고 스스로를 가련히 여기는
설악의 밀고 당김에 두려움이 스며든다

산·215

설악의 심장부는 어디에 있는가
공룡능선에 있다
공포를 자아내며 웅장하게 도열한 기암괴석
그것은 심장을 덮고 있는 갈비뼈들이다
마등령에 올라 신선대를 향해
공룡의 갈비뼈 어루만지며 횡단하면
설악의 힘찬 심장 박동소리를 듣는다
내 작은 몸을 죄다 녹이고 영혼마저 잃게 하는
무서움과 놀라움의 강력한 소리다

본시 공룡능선은 신선들의 정원이다
무엇으로도 변할 수 있는 자유자재의 신선들
그 신선들의 그림자라도 밟을 수 있을까
설악의 심장에서 내뿜는 웅기雄氣로
굽이굽이 풍광에 취해 흔들리고 비틀거리는
내 안의 속기俗氣를 마저 털어낸다
점차 자연의 이치에 순치되면서

그 무엇에 의존하는 것이 확연히 줄어든다
이렇게 해서 설악을 벗어나면 나의 몸과 마음
푸른 하늘 편하게 건너가는 한 점 흰 구름 되리라

산 · 216

세상의 번뇌는 여전하다
하늘 가까이서 오래 걷고 싶다
남원 고리봉에서 산청 천왕봉에 이르는
지리산의 능선에 몸을 맡긴다
고개 고개마다 쉰다
정령치 성삼재 임걸령 백소령 장터목재
마음의 밑바닥을 들여다 보는 순간들이다

눈을 넓히고 높이면서 능선을 밟으면
경치는 어느새 바람과 사라지고
파란 하늘의 흰 구름만 벗이 된다
지금 나는 누구인가
꿈과 희망을 찾는 신선인가
만물의 도道를 구하는 선비인가
생명의 안식을 도모하는 민중인가

이미 몸과 마음은 나에게서 멀어졌다

순수하여 자연이 된 것이다

길은 멀어도 곤하지 않다

지리의 넉넉한 용납에 감사한다

용솟음치듯 우뚝 선 천왕봉에 서니

세상은 저 발 아래서 그냥 세상이다

산 · 217

하늘 높이 날아 오름은 꿈이다
날아오름은 바람의 작위다
대붕이 구만리 장천을 날고
알바트로스가 하늘의 왕자가 되는 것
그것은 바람의 뜻이다
좋은 바람 만나지 못하면
대붕은 멧새 되고 알바트로스는 갈매기 된다

비상을 꿈꾸는 비금飛禽을 만나러 간다
목포에서 다도해 가르며 비금도에 닿는다
하늘과 바다는 한 뜻으로 맑고 푸르며
섬은 거대한 한 마리 새로 앉았다
그림산과 선왕산을 어깻죽지로 하여
이제 큰 바람을 기다린다

선왕산에서 바라본 저 이세돌 기념관
이세돌, 그는 바둑의 하늘을 제패한 대붕이다

그가 일으켰던 변화무쌍 자유분방의 바람은

세계 바둑인들을 높게높게 날게 했다

알파고와 마주 앉은 그의 모습이 선연하다

인간의 한계는 무엇이며 어디까지인가

새로운 바람을 타고 생기를 되찾아라

 그러면 인간의 무의미한 현존을 초월하리라

산 · 218

여름과 겨울 사이로
기쁘게 하나의 길이 일어서고 있습니다
한여름의 무겁고 짧은 생각과
한겨울의 차겁고 헐거운 행동으로는
결코 닿을 수 없는 그곳으로 가는
이 길이 어머님께서 예비해두셨다는 것을
이제사 조금은 알 것 같습니다

오도산悟道山을 오르듯
가을의 길 위에서는
앞서 가는 사람, 뒤따라 오는 사람 없어도
생生을 찬미하는 소리들로 가득합니다
어머님, 언제 이처럼 가벼워진 적이 있었습니까
바람과 빗방울, 그 속을 꿰뚫는 무량겁無量劫
허물어졌던 작은 탑 하나 일어섭니다

빗발이 후두둑 가을의 마음을 재촉하지만

낙엽 사이로 배어나는 작은 울음 같은 것들

이제는 다그치지 않습니다

세상 저쪽까지 훌쩍 날고 싶었던

적막을 밟던 그런 날의 하찮은 외로움

더 이상 눈물겹지 않습니다

곧 흔적도 없이 사라질 가을의 길이라지만

이제는 망령되지 않고 생生을 건널 수 있겠습니다

산 · 219

서산 개심사에 왕벚꽃 필 무렵이면
예산 가야산 산행에 나선다.
산정에서 보는 서해, 가슴을 적시는 낙조는
조선 말기 국운이 붉게 물들었던 것인가
석문 옥양 정상 원효의 봉우리들이 내려 앉은
그곳은 남연군 모터, 대원군이 풍수로
서세西勢에 쇄국의 말뚝을 박았던 곳이다.

지척지간의 덕숭총림, 수덕사에서
선풍을 일으켰던 경허 만공 춘성 고봉 숭산,
오직 불법만이 해결가능한 것인가
일엽一葉은 청춘을 불사르고 있다
세속의 청춘을 불사르면 영원한 청춘을 얻는가
시대에 뒤떨어진 자, 나라를 어렵게 하고
시대에 앞선 자, 세상을 놀라게 한다.
누가 시대를 열어가는 참된 선지식인가

석문동 일락산을 거쳐 내려 선 개심사,

청벚꽃 왕벚꽃 겹벚꽃이 다투어 맞이한다

이들의 환한 법문을 들으니 마음이 열린다

마음을 열면 화엄의 세계에 들고

서럽던 업들도 자연 소멸되는 것인가

홍송紅松이 줄지어 곧게 높게 서서

어지러운 발길을 바로 잡아 세운다

산 · 220

산은 바람을 불러 올린다
바람은 산의 부름에 언제나 순응하며
산을 신의 모습으로 우러러 본다
바람은 위로 불어가면서
산의 존재자들을 역력히 살펴본다
생기를 북돋우고 기세를 드높이며
모두가 범속을 초탈하게 한다

산은 바람을 아래로 내려 보낸다
바람은 아래로 내려가면서
산의 덕德을 사방으로 전한다
풍류로 산의 품격을 드러내며
고상하고 바른 시가詩歌를 짓는다
구름을 안고 내리는 고원高遠한 바람은
세상의 변화를 크게 도모한다

산이 산을 겹겹으로 아우르면

바람은 오르지도 내리지도 않는다

움직임이 다하면 멈춤이 오고

멈춤이 다하면 움직임이 온다는 것은

하늘과 땅 사이 모든 존재자들의 운명인가

첩첩 산중이라 제 위치를 헤아리면

온갖 지각을 저버린 허정한 멈춤을 누리리라

산·221

까닭없이 기운이 허해지는 날이면
장흥과 보성의 경계, 제암산에 오른다
제암산은 옆구리에 사자산을 끼고
호남정맥의 원기를 응축하여 기맥이 대단하다
동으로 팔영산, 서로 월출산, 남으로 천관산 불러
제왕의 위광威光으로 덕德을 내리니
그 아래 세상은 편하고 앞날은 길고 높아진다

장흥은 산고수장山高水長의 곳이다
탐진강이 관류하여 다도해를 향하고
제암산은 제왕의 위세로 늠름하다
산은 사람을 낳고 물은 사람을 기르는가
장흥, 어찌 길고 크게 흥하지 않으리
지난 날에는 무武로 나라를 굳게 유지하더니
지금은 문文으로 나라를 크게 빛낸다

장흥에서는 글 자랑하지 마라고 한다

자고 나면 유명해지는 무명의 작가들
이청준 한승원의 뒤를 잇는 수많은 문인들
장흥의 문학 지도는 보기만 해도 흐뭇해진다
닭이 크게 번성하면 학이 한 마리 나오는가
드디어 한승원의 딸, 한강이 노벨문학상으로
문학의 여제로 등극하니 지축이 흔들린다
저 정남진의 등대도 이젠 새로운 뱃길을 비추네

산 · 222

제석봉은 천왕봉 턱 아래에 있다
지리의 영기가 응축되는 제석단
산신제 올리면 통천문 거쳐 하늘에 닿는다
제석봉은 애시당초 구상나무 전나무의 원시림
울창하여 하늘을 덮고 인적을 용납치 않았다

일제가 수탈하였고, 그후 꾼들의 무단 벌목으로
아름드리는 사라졌고, 방화의 수난이 이어졌다
불에 타서 비명횡사한 나무들, 뼈대만 서서
석양에 어리더니, 운무에 위무를 받았다

지금은 그 고사목들 모두 저쪽으로 갔고
그 영혼들이 천국의 화원을 꾸미고 있다
산오이풀 모시대 말나리 곰취 노루오줌 동자
며느리발톱 개시호 눈개승 구절초 쑥부쟁이

산은 그 자체가 역사서다

지리산은 더욱 그러하다

지리산은 오르고 또 올라도

아는 것보다 모르는 것이 더욱 많아진다

지리산은 지금도 말이 없다

발에 채이는 돌부리에 절을 한다

산 · 223

산을 등지고 물을 내려다보는 것은
요산요수樂山樂水 산고수장山高水長의 전형으로
조선 유학자 남명의 거처, 산천재가 그렇다
뒤로는 아홉 굽이의 구곡산九曲山이 섰고
앞으로는 시천천과 덕천강이 흐른다

구곡산에 서면 천왕봉이 바로 손에 잡힌다
지리의 기상이 중봉 써리봉 국수봉을 타고 내린 구곡산
백일홍 단심은 지금도 만난을 내치고 있다
화살처럼 빠르게 흘러 시천矢川인가
밤낮 쉼없이 가는 것이 이와 같은가
유수는 권태를 씻어 마음을 샛별로 만든다

학문과 절의는 높은 산과 큰 내와 같은가
지리산을 닮아 지리산으로 우뚝 선 남명
세상의 물길을 제대로 살펴서

실천궁행으로 도학의 길을 연 진정한 선비

지금 이 시대에 왜 또다시 남명인가

저 지리의 천왕봉은 알고 있으리라

산 · 224

포항 영일의 진산, 운제산에 오른다
영일만은 동해의 거센 힘을 가슴에 모으며
그 높은 기상은 온 세상을 뒤덮는다
호미곶은 일출의 기운 얻으려는 자로 붐비고
포항제철은 위용의 깃발 만방에 드날린다

운제산은 한때 해병대 산악훈련장이다
호국간성으로 무적을 자랑하는 해병
한 번 해병은 영원한 해병인가
그들이 흘린 진한 땀방울 온 산을 적신다
정상 옆에 선 웅장한 자태의 대왕암
가뭄에 기우제 올리면 하늘의 응답 받는다

운제산 아래 절벽으로 둘러싸인 오어사
암자 간에 구름사다리[운제雲梯]로 계곡 오가는
혜공 원효 자장 의상, 수행이 한창이다
나의 물고기는 어디에 있는가, 문득

혜공이 원효의 법력法力을 떠본다

나는 원효가 걷던 그 길에 선다

원효에게서 직접 듣고 싶은 법어가 있다

일체유심조, 모든 것은 오직 마음이 만든다

산 · 225

산의 푸른 벨벳 위로 바람이 분다
가을 바람이다, 차가운 바람이다
정겹게 넘쳐나던 푸르름 끝에서
나무들은 일제히 숨고르기에 든다
겉으로 잎들을 따뜻하게 전송하고
안으로 견고하게 본질을 완성한다

무시무시하게 비밀을 간직한 듯이
크고작은 가지들은 수근거린다
어떻게 매무새를 갖추고
어떤 바람에 붙을 것인가
잎들은 나무를 떠날 채비에 바쁘다
나무를 떠난 잎들, 가을빛에 채색되어
낯선 바람에 붙어서 떠난다
아주 먼 곳으로 가는가
가는 듯하다가 곧 내려 땅에 붙는다
땅은 본시 잎들이 태어난 모태 아닌가

가을은 어머니께로 돌아오는 계절이다

흰 구름 타고 한없이 날아보고 싶지 않았던가

동경과 무량한 매혹 때문이겠지만

꿈에서 꿈으로 방황의 결과일지라도

이제는 젊은 날의 축제, 여름의 환희도 잊고서

그래서 그냥 귀향하는 나그네의 발길이다

산 · 226

해남에서 완도로 차로 달리면
우측으로 낮은 산맥 하나가 병행한다
장대한 능선은 크고작은 바위톱이 잘 발달된
땅끝기맥, 월출이 덕룡 주작 두륜 달마로 내닫는다
해남과 강진을 동서로 산뜻하게 가리마 타고
남녘은 다도해가 뭍 섬들을 키우고 있다

진달래꽃 필 무렵에 주작을 만나려 나선다
소석문에서 덕룡 첨봉 주작 남주작에까지 이르는
크고작은 암봉들로 이어지는 바위 능선길이다
오르내리는 바위톱은 은밀하게 폐부를 찌르고
눈을 아리게 하며 심장을 멈추게 한다
산은 높다고 해서 모두 빼어난 것이 아니라는 듯이
500 미터 미만의 고도에도 너무나 매혹적이다

주작은 남쪽 하늘을 다스리는 붉은 봉황이다
주작의 아름다음과 기상을 받아서 그런가
주위는 온통 붉고 힘차며 눈부시다

진달래가 그렇고 바위가 그렇다

산정에 서니 덕룡능선 주작능선은 붉게 넘실거리고

두륜 월출 천관 상황이 다정하게 다가온다

자연의 정밀한 아름다움과 힘의 진수를 느끼며

시원한 원근의 풍경 속으로 빠져든다

산 · 227

합천 황매산, 얼마나 그리운가
물결이 사막의 심장을 채우듯 나를 이끈다
황매 평전으로 봄과 가을이 오간다

철쭉의 평전에 선다
언제 이렇게 말없이 아름다워졌나
열렬히 정답게 속삭이는 소리에 귀 기울인다
그림자는 기묘하게 겨울처럼 차가워도
광채는 서툴게도 여름처럼 찬란하다
멀어져 갔던 애틋한 환희가 되살아 나서
창조를 예감하는 변전이 바람을 탄다
관심과 희열은 삶의 모든 형태를 바꾼다
내부의 자아가 외부의 자연과 합일되면서
삶의 가치와 생의 존엄성은 모든 신앙을 덮고
자연의 호의에 외경으로 다가선다

억새의 평전에 선다

하얀 빛으로 흔들리는 억새

너의 나신裸身을 무심코 만진다

거친 세상 소리 아련히 들려도 모른 체

해와 달 사이에서 오직 바람을 벗삼아

가늘고 길게 꿈결을 타고 있구나

불처럼 뜨거웠던 태양도 점차 힘을 잃는다

부질없이 가버린 날들, 걷잡을 수 없는 회한

가장 먼 세계에서 빛을 찾지 마라

발아래 대지에 이미 새로운 희망이 예비된다

불멸의 사랑의 노래를 들어라

산·228

세상의 진정한 중심은 산이다
사람보다 우월한 존재, 산은
사람이 그리워하는 것이 무엇인지 안다
사랑이 무엇인가
인간이란 무엇인가
존재란 무엇인가
미래는 있을 것인가
구하는 자에게 모든 것을 들려준다

깊고 높은 산속이다
구름의 그림자를 밟고 홀로 오른다
푸름은 눈부시게 사방으로 넘쳐 흐르고
물소리는 기꺼이 수목을 일깨운다
바람은 문득 신들의 목소리를 전한다
아, 산은 신의 영역인가
만물은 기쁘게 움직인다
산이 없다면 신도 존재하지 않을 것인가

산의 존재자들, 모두 신성하다

무한의 공간, 푸른 하늘로 부유하다

순수하고 찬란하게 아름다운 산의 영혼을

모두가 공유하여 공생하고 공존한다

다시 자유를 찾고 만끽한다

땅을 빚고 산을 세운 에로스 신이여

영원한 사랑의 산이다

산 · 229

흰 구름 만나려 백운산에 든다
대방 미끼골로 상련대 거쳐 산정에 오르고
큰골로 백운암 거쳐 되돌아 온다
영호남의 분수령 만드는 백두대간의 큰 흐름
그 길목을 늠름하게 지키고 섰는 백운산
저 지리산이 그리워 목을 길게 빼고 섰다

해발 700 미터에 자리한 상련대上蓮臺
연꽃은 진흙에서만 피는 것이 아니네
낭떠러지 위에서 누굴 기다리는 연꽃이네
언제쯤 호국의 기상 얻으려는 발길이 있을까
선방禪房 윗목 백운의 자리는 비어 있다

하봉 중봉을 가슴팍에 안고 섰는 산정이다
산이 그리운 자는 이 자리에 서 볼 일이다
고봉준령이 사방으로 파도치며 으스댄다
하늘과 땅이 만물을 지극히 아낄 때면

청산靑山도 백운白雲을 불러 짝을 이룬다
더없이 아름다운 산이고 하늘이다

큰골은 울창한 수림으로 하늘을 지우고
생명의 자유가 넉넉하여 생기가 감돈다
용소에서 용은 승천의 때를 기다리며
용솟음치는 기운은 함양의 땅을 일깨우고
세상 모두는 따뜻한 햇빛으로 데워간다
백운의 자리 다시 떠올리며 하산한다

산 · 230

정선의 억새가 한창이라고 한다
증산에서 민둥산 지억산 거쳐 몰운으로 간다
민둥산은 나무가 없어 번번하다
나무가 사라진 자리에 억새만 억세다
하얀 억새가 떼지어 하얀 바람을 일으킨다
잠시 멍멍해지는 가슴이다
망명 정부의 빛바랜 깃발 같다
나무들은 어디로 갔는가

산은 세월을 증언한다
나무가 없는 산은 산이 아니라고 했는데
민둥산은 그래도 산이라고 한다
산이 삶의 수단으로 바뀔 때
산은 속앓이가 심해진다
유위有爲가 어찌 무위無爲를 대체할까

서둘러 발길을 지억산으로 향한다

능선 위로 흰 구름이 나를 이끈다

가까이서 멀리서 산들이 반겨준다

지역산에서 무릉과 몰운이 교차한다

진정 잊지 말아야 할 것은 산의 그림자다

석양이 비껴 내리는 몰운대에 선다

절벽 아래 굽이치는 맑은 계류에

흰 구름이 내리고 노송은 시詩를 짓는다

산 · 231

신록이 부른다
울진 통고산으로 간다
낙동정맥에 우뚝 서서 나를 반긴다
울창한 수림은 푸름의 축제가 한창이다
새파란 빛이여, 넘쳐나는 즐거움이여
나무들 몸에는 신의 피가 흐르고
나무들은 신의 언어로 수근거린다
나무들이 내게 손을 내민다, 짜릿해진다
내 몸에도 수액이 흐른다, 황홀해진다

산정에 서면 사방으로 막힘이 없다
동쪽은 불영계곡이 시작되고
동남쪽은 왕피천이 잡힌다
서쪽은 첩첩으로 산줄기들이 파도친다
북쪽은 소광리 금강송이 당당하다
동해 바닷바람은 덤으로 서늘하다

왕피천王避川은 실직국 왕의 피난처다

길고 긴 오지에 왕피리 한천마을이 있고

식생이 우수하고 경관이 빼어난 계곡은

멸종 위기 희귀종 동식물의 야생처다

세속에 찌든 자가 이곳의 물과 공기로 다스리면

정말로 자신이 귀한 존재임을 알게 된다

산 · 232

영동 심천은 난계 박연의 향리이다
그는 문신이며 음율가이다
고구려 왕산악, 신라 우륵이면 조선은 박연이다
음악이론가로 적笛의 명 연주가다
조선 초기 삼조三朝에 걸친 원로로
세종은 그를 세상일에 통달한 자로 칭송했다

비가 내렸다, 금강의 물이 불었을까
서둘러 영동의 달이산으로 간다
금강이 에둘러 흐르는 심천에 들어서
강물에 신나게 뛰노는 고기들을 본다
산은 영동을 관류하는 금강을 굽어 보며
그 아래 아름다운 폭포 하나 키우고 섰다
옥계폭포 난계폭포 박연폭포, 하나를 두고 이렇다
난계 박연이 연주하는 궁중 아악의 음율인가
그 격조에 어깨가 흔들리고 마음은 깊어진다

폭포를 끼고 쉬엄쉬엄 달이산에 오른다

굽이치는 금강이 펼치는 원경이 시원하다

산 저쪽 켠에 일지 명상센터가 있다

한적한 산중이라 그냥 앉기만 해도 좋으리라

되돌아 와서 폭포 아래에 다가선다

올려다보는 폭포의 상단에 난蘭이 어른거린다

난계蘭溪라, 영동이 국악의 본거지이구나

산 · 233

산은 현실이면서 이상이다
삶의 애환이 서리는 것은 현실이고
생의 귀의처를 찾는 것은 이상이다
경북과 충북의 경계, 백화산이 부른다
상주 보현사에서 길을 재촉한다
돌궐성을 거쳐 정상 한성봉에 오르고
주행봉을 거쳐 영동 반야사로 내린다

돌궐성은 신라 태종무열왕이 궁궐을 짓고 머물며
백제 정벌을 진두 지휘하여 함락시켰던 곳이다
고려 때는 상주산성으로, 조선 때는 백화산성으로
몽골의 침입과 임난의 왜군을 격퇴한 곳이다
산성에 걸터앉아 역사의 현실을 실감한다
떨어진 꽃은 가지로 다시 돌아가 매달 수 없고
지난 세월과 죽은 자는 다시 돌아와 만날 수 없다

한성봉에 서면 조망과 풍광이 뛰어나다

수려한 산세가 정말로 멋지다

이 땅에 이렇게도 산이 많은가, 양 사방이 산이다

백두대간이 저만치서 남으로 내달리고

동쪽 절벽 아래는 원시림을 끼고 석천이 흐른다

하산길의 주행봉은 칼바위 능선으로 무장한

거대한 함선이 서서히 정상으로 움직이는 것인가

바위를 오르내리며 백화의 아름다움을 발견하고

대자연이 주는 큰 기쁨에 빠져든다

산 · 234

배낭에 〈장자의 무하유〉 한 권을 넣고
홍천과 인제의 경계, 가칠봉으로 간다
산이 산을 모으는 오지의 산, 가칠봉은
우로는 갈전곡봉으로 백두대간에 닿고
서로는 응복산으로 방태산에 이른다
능선길은 까칠하지만 가끔 구름이 깃들고
계곡은 곡신불사谷神不死라 수목의 천국이다
응복산 사삼봉과 함께 약수를 빚으니
삼봉약수, 태고의 신비로 천년기념물이다

나무들은 한 번만 사는가
사람들은 외친다 〈욜로〉〈욜로〉〈욜로〉
당신은 단 한 번만 산다
(You Only Live Once : YOLO)
이곳에서는 사람들의 외침은 들리지 않는다
오직 나무들의 말만 들리고 또 듣는다
나무들의 얘기다

깊게 뿌리내려 자손 대대로 이어가서
우리들은 오래오래 여러 번 산다
그리고 사는 데 최소한 것만을 추구하는
단순하게 좀더 단순하게 천천히 나아가는
천국의 지혜로 산다

오늘을 잡아라
긴장에 긴장을 더해가는 삶이 아닌가
조르바, 지금 너는 무엇을 하고 있는가
한국인 조르바는 얼마나 될까
나는 지금 수목의 천국을 혼자서 걷는다
가칠봉 나무들이 들려준다
가장 본원적인 삶은 혼자서 스스로 짓는 자유이다

산 · 235

덕을 기르는 데는 산 만한 것이 없다
만 권의 책들이 이에 비길 것인가
덕을 한껏 넓혀주는 광덕산에 오른다
아산과 천안을 가르는 금북정맥에 섰는
산세는 육산이나 산줄기는 힘차고 넉넉하다
천안 광덕사에서 정상을 거쳐 아산 강당사로 내린다

광덕사의 수문장인가, 호두나무가 우뚝하다
고려 유청신이 원에서 가져다 심었다는
천안 호두의 시목으로 천연기념물이다
사찰 뒤편 깊은 골에 자는 듯 누운 운초 김부용
황진이 이매창과 더불어 시문을 날렸던 그녀
80 청년 김이양을 그리워하는 시의 향기가 매섭다

산정에 서니 아산과 천안이 한눈에 잡힌다
아산만을 끼고 부는 서해의 바람이 시원하고
사방이 풍족하여 살 만한 땅이다

아산 현충사, 천안 독립기념관이 뇌리를 스친다

나라를 위해 무슨 덕을 길러야 할까

강당사에 내려서니 외암 이간이 강론 중이다

예안 이씨의 유학이 예서 흐름을 만드는구나

발길을 되돌려 광덕산을 우러러 본다

산이 나를 품었는가, 내가 산을 품었는가

산 · 236

산은 큰 지혜다
삶의 지혜와 복덕은 산으로부터 나온다
그것은 걷고 또 걷는 산길의 발끝에서 비롯된다
주실령에서 예배령을 거쳐 문수산에 닿는다
문수는 법신 반야 해탈의 삼덕을 구족한
불가사의한 지혜의 보살로 삼존불의 하나다

태백에서 남하하던 백두대간이 소백을 바라보며
봉화에서 잠시 쉬는 곳이 옥석산이다
여기서 남으로 내놓은 작은 산줄기가
물야와 춘양을 가르며 봉성을 만나 우뚝 선다
문수산이다, 그 아래 의상이 뜻을 둔 축서사다
세상의 진리를 명견하여 그 광채를 드러낸다

주실령은 오전과 서벽을 오가는 보부상의 고개로
그 아래 마음의 병을 고쳐주는 오전약수가 있다
예배령은 퇴계가 문수산을 향해 절하던 고개다

서벽에는 국립백두대간수목원이 꿈을 키운다
점차 힘을 잃어가는 대간의 식생 보존을 위해서다

산길을 걷는 것은 구도자의 순례다
울진에서 태안까지 849 km 동서트래일
한반도를 횡단하는 산티아고 숲길이다
구름은 하늘을 걷고 나는 땅을 걷는다
땅을 알게 되면 구름처럼 하늘을 알게 되는가

산 · 237

가을은 어떻게 가고 있는가
바람처럼 자유롭게 집을 나선다
장수대 대승령 십이선녀탕계곡의 행보다
장수대, 6·25 설악전투 영혼의 명복을 빌고
발길을 재촉하여 여름의 그림자를 밟고 오른다
도중에 대승아, 하고 부르는 소리다 대승폭포다
이백이 다녀갔는가, 구천은하九天銀河라더니
은하는 이제 서둘러 구천으로 되돌아가는 중이다
산은 산이고 사람은 사람인가
대승령 오르며 분별은 사라지고 나를 잃어버린다
대승령은 서북능선의 맹주로 길목을 지킨다
높고 높아도 자신을 낮추니 부드러움의 존위에 있다
아래로 백담계곡 십이선녀탕계곡에 내리고
위로 귀때기청 대청봉에 오른다

십이선녀탕계곡, 오늘은 선녀들을 볼 수 있을까
계곡은 급경사로 시작하고 기암절벽이 돌올하다

낙락장송에 구름이 걸리고 세상의 문이 닫힌다

빠른 물길은 급한가 뛰어내려 폭포가 되고

내린 물은 모여 잠시 숨을 고르니 담소가 된다

담소는 또다시 폭포를 만들고 담소로 이어진다

설악의 산길이 험하더니 물길도 이렇게 험하구나

물에 빠진 하늘을 건져보니 가을색이 엷어지고

바위 틈새 나무들은 마지막 색깔 경쟁으로 야단이다

빨강 노랑 주황, 여기에 바람도 색색으로 덤빈다

가을을 저만치 밀어내는 바람들 때문인가

긴 계곡 굽이굽이 물소리도 점차 잦아든다

산 · 238

역사란 무엇인가
에드워드 카의 명저, 배낭에 넣는다
과거와 끊임없는 미래의 대화를 위해서다
태기산은 횡성과 평창의 경계에 섰다
진한의 마지막 왕, 태기왕이 산성을 축성하고
박혁거세의 신라군에 항전하였지만
지금은 풍력발전기만 세찬 바람에 맞선다

태기왕, 그의 갑옷에 묻은 피는 망국의 혼으로
횡성을 관류하는 주천을 갑천으로 만든다
그의 뒤를 쫓는 박혁거세는 어답산에 올라
신라의 강토가 이렇게 넓어짐을 선언한다
어답산, 횡성의 진산으로 횡성호를 가슴에 안고
산중턱 바위능선에 장송 한 그루가 우뚝 서서
300 년의 세월을 지키며 역사를 쓰고 있다

왕의 발길만 허락된 오지의 선경인가

왕이 된 기분으로 기암괴석과 노송 능선을 타고
산정에 서서 하늘 우러러며 사위를 둘러본다
동으로 운무산 태기산, 서로 오금산 가리산
남으로 매화산 치악산, 북으로 공작산 병무산
역사는 산에서 시작하여 산으로 끝나는가

산 · 239

내 꿈의 나무, 주목을 만나러
마른 장마의 틈을 타서 평창 발왕산에 간다
원시림이 빽빽한 사잇골에 들어서니
나무들이 무욕으로 나를 반겨 들이고
다 함께 교감하니 서로 막힘이 없어진다
숲은 본디 신령스러운가 생기가 넘쳐 흐르고
향긋한 냄새에 부드러운 전율이 일어난다
새소리 물소리는 영원한 질서와 리듬으로
바위 틈새의 작은 꽃들은 섬세한 아름다움으로
산의 성역을 드높이기에 바쁘다
모두가 하늘의 뜻과 땅의 이치에 따름인가

고도를 올리니 원근의 산들이 떼지어 몰려오고
주목이 부르는 목소리도 바람결에 점차 커진다
산정은 언제부터 안개 구름 속에 졸았는가
일진 광풍이 지나가니 비로소 얼굴을 내민다
그리운 주목과 반갑게 서로 껴안는다

주목이여, 그대는 영웅이다

사람과의 전쟁에서 끝끝내 이겨내고

세월의 질투 속에서 잘 버티어낸다

사람들은 나무에 대해서 많은 말을 하지만

나무가 설 곳을 잃으면 사람의 자리도 없어지고

문명이 쇠퇴하고 재앙이 시작됨을 모른다

주목, 그대는 기다림의 나무로 천 년 동안 서서

세상이 바르게 바뀌기를 여전히 기다리는구나

산.240

마음이란 무엇인가
보이지도 잡히지도 않는다
그러면서 온갖 짓을 일으킨다
신기하고 신묘하다
그런 마음을 내 어찌 감당하랴

원효가 마지막 마음 공부한 곳을 찾는다
대운산大雲山 아래 척판암이다
대운산은 양산과 울주의 경계를 이룬다
그의 사상을 듣고 오도송도 읊는다
일체유심조一切唯心造,
이것은 마음을 말하는 것인가
마음의 본체도 아니고 마음의 그림자도 아니다
마음은 알 수 없는 것이라는 생각일 뿐이다

서둘러 척판암에서 대운산에 오른다
오르는 발길이 편하다

왠지 마음이 가벼워진다

하늘에는 구름이 쉼없이 오간다

땅에는 바람이 또한 부질없이 오간다

마음은 구름인가

마음은 바람인가

생生이란 순식간의 그것이다

잠시라도 망령되지 않으면 복이다

맑은 구름을 보며 시원한 바람을 맞는다

산 · 241

달마산, 아직도 누굴 기다리는가
바위는 크게 무리지어 외친다
있는 힘 다모아 위엄을 내뿜는다
날카로움은 허공을 찌른다
윗쪽 두륜산은 둥글게 암봉을 두르고
시작도 끝도 없는 윤회에 빠진다
아랫쪽 땅끝[土末]은 육지를 마감하고
다도해에 빠져 완도와 진도에 이른다

미황사에서 바위능선으로 도솔암에 이르고
달마고도, 새로 난 길을 튼튼하게 걷는다
새로운 시작, 새로운 일상을 위해서다
자유로운 세상을 만드는 것은
인간의 몫이고 숙명의 과제다
자유는 산에서 배운다, 그러나
무엇 때문인지 몹시도 더디게 배운다
산에 아무 겁도 없이 오르는가 하면

산을 그냥 순진하게만 바라본다

달마산은 달마대사가 있을만도 하다
기세등등하게 날카로운 바위들이 마음을 찢으니
마음의 껍질은 여지없이 벗겨지고
청정한 본심이 드러난다, 큰 허공이다
따로 내려놓아야 할 것이 아무 것도 없으니
한없는 자유, 절대의 자유가 솟는다

산·242

지리산 주능선을 한눈에 볼 수 있을까
삼정산과 삼신봉 두 곳에서 가능하다
지리산 능선은 종주를 하면 말할 것도 없고
바라보기만 해도 마음은 항상 설렌다

삼정산은 함양과 남원의 경계를 이루며
삼각봉에서 실상사로 뻗은 지맥 중간에 섰다
함양 삼정에서 영원령을 거쳐 오르면
상무주암을 가슴에 안고 있는 정상에 이른다
여기서 바라보는 저 지리산의 북쪽 주능선은
푸른 하늘에 우아한 곡선을 그리며 출렁거린다

삼신봉은 하동 청암과 화개의 경계를 이루며
영신봉에서 뻗어내린 남부능선에 우뚝 섰다
묵계 청학동에서 갓걸이재를 거쳐 오르면
외삼신봉 내삼신봉과 함께 어깨를 맞대고 섰다
여기서 바라보는 저 지리산의 남쪽 주능선은

병풍처럼 둘러친 것인가, 파노라마가 장관이다

지리산은 그냥 산이 아니다
세월을 벗어나 한반도 산하를 포괄한다
지리산의 참모습은 위대하다
바라보아 즐거우면 세상이 편한 것이고
세상이 어지러우면 보아도 즐겁지 않다
오늘은 즐겁다, 지극한 즐거움이다

산 · 243

숨가쁘게 남행하던 백두대간이
포암산과 탄항산 사이에 쉼터를 내고 앉는다
한숨을 돌리며 하늘 한 번 우러러 본다
이 강토의 미래는 어떻게 될 것인가
풍운의 세상이라 어찌 알겠는가
대간은 하늘재를 남기고 자리를 박차며
저 지리산을 향해 기세를 드높인다

포암산은 가파른 암릉으로 시작된다
마음을 단단하게 다잡고 기어오른다
암릉 끝에서 하늘재를 내려다본다
하늘재는 충주 미륵리와 문경 관음리를 잇는다
저 고개, 얼마나 많은 애환이 서려 있겠는가
고구려 신라는 영토 확장의 각축장으로 삼았고
마의태자와 덕주공주는 망국의 한을 안고 넘었고
공민왕은 황건적의 난을 피해 넘었다
이천 년이 지난 지금의 세상도 괴로운가

미륵과 관음의 두 세계가 만나는 하늘재
하늘재를 찾는 힐링의 행렬이 길다

서둘러 정상에 서니 산하는 너무 아름답다
북으로 월악산 대미산이 한걸음에 다가오고
남으로 주흘산 조령산이 지척에서 손을 내민다
충주호는 중부내륙의 산수를 모두 담아 자랑이다
만수봉을 우측으로 끼고 만수골로 내려선다
바위 사이 분출되는 옥수는 멋진 계류를 만들고
다양한 수종으로 구성된 수림은 계곡을 덮는다
산야초의 꽃 향기와 풀 냄새는 세상을 잊게 한다
만수萬壽라 모두가 평화롭게 만수를 누리는가

산 · 244

산으로 가게 하는 힘은 무엇인가
산이 지닌 힘인가
인간이 지닌 힘인가
우주의 숭고한 힘이다

산에 몰입되고 결속되는 것
산에서 새로운 힘을 얻는 것
산에서 나의 존재가 새로워지는 것
산에서 우주의 섭리를 인식하게 되는 것
모두가 우주의 법칙에 따른 결과들이다
우주의 법칙은 불변이다

산은 소박하고 고마운 마음으로 대해야 한다
그러면 인간과 산의 사이가 행복해진다
산에 대한 사랑이 고귀해진다면
그 사랑은 인간을 고귀하게 드높인다
산에서 소박하고 현명한 것을 발견한다면

크다란 위안과 참된 영광을 얻게 된다

산에 오르는 것은 우주의 힘을 얻는 숭고한 일이다
산에 오르면 존재의 참된 중요성을 터득한다
산을 왜 사랑해야 하는가를 아는 것은
삶을 왜 살아야 하는가를 아는 길이 된다
산을 섬기는 종이 된다면 가장 큰 기쁨을 누린다
산은 우주이고 신의 영역이기 때문이다

산 · 245

백두대간이 장수의 영취산에서 서쪽을 본다
무령고개 너머에 섰는 장안산에 정기를 쏟는다
장안산은 그 정기로 호남정맥과 금남정맥을 일으켜
호남과 충남으로 산줄기를 내뻗친다
전 국토의 4분의 1의 산들이 이에 포진된다

영취산은 장수와 함양의 경계를 이루며
산세가 남다르게 빼어나고 신성스럽다
인도 불교 성지의 산을 떠올리게 한다
하늘에서 내린 물은 골고루 삼분되어
서북 금강, 서남 섬진강, 동남 낙동강에 닿는다
백두대간의 기세가 등등하여 언제나 믿음직하다

장안산은 호남의 종산宗山이다
대간의 기세를 팔공산에 전하면서
장수를 정감이 넘치는 고장으로 만든다
산세는 웅장하면서도 부드럽고 수려하다

넉넉한 품새에 모두가 오손도손 살아간다
동북쪽 산록에는 의기 논개의 충절이 서려 있다
나라를 구하는 데 남녀가 따로 있을 것인가
시대를 깨달아야지, 한가한 마음이 부끄러워진다

산 · 246

우물은 항상 새로운 물을 솟구쳐야 한다
우물의 도리는 끊임없는 혁신에 있다
변화를 시도하지 않은 그 우물은 버려진다
물고기가 변해서 용이 된다면 큰 변화다
용은 풍운을 좇아서 하늘 높이 오른다
하늘에서 세상을 굽어보고 평정한다

높이 오르면 멀리 보게 된다
멀리 본다는 것은 원모심려遠謀深慮다
풍운의 상징, 용의 등에 올라보면 어떨까
천하를 호령하고 돌아와 편히 누운 산이 있다
와룡산臥龍山, 안동에도 있고 사천에도 있다
안동의 진산, 와룡산은 안동호를 내려다 보고
사천의 와룡산은 남해를 내려다본다

5월 철쭉이 필 무렵, 사천 와룡산에 오른다
와룡마을을 중심으로 둥글게 누운 황룡은

자못 엄숙하고 맹렬하면서도 고원하다

용의 목덜미, 도암재에 올라 새섬바위에 선다

눈 앞의 용머리, 상사바위는 위용이 대단하다

그의 눈길에 다도해 섬들은 올망졸망 엎드린다

새섬바위에서 정상 민재봉에 이르는 철쭉 능선은

용트림 때문인가 분홍의 파도가 장관을 이룬다

민재봉은 용의 등답게 원만하고 넉넉하여

세상의 이런저런 일들 모두 실어도 좋겠다

이 와룡은 언제 운우雲雨를 얻어 비상할 것인가

산 · 247

선달산은 백두대간의 산이다
여기서 태백산맥이 끝나고 소백산맥이 시작된다
영월 봉화 영주에 광범하게 걸쳐 있고
우아한 산세와 아름다운 계곡이 자랑이다

찬란한 오월, 신록의 숲에 빠진다
생달에서 늦은목이재를 거쳐 정상으로 향한다
오름길은 서서히 고도를 높여간다
대동강을 팔아 버린 봉이 김선달이 올랐나
급제는 했으나 자리가 없어 노는 선달이 올랐나
나도 뒷짐지고 헤죽헤죽 선달 걸음걸이를 한다

정상의 조망은 사방으로 막힘이 없다
북은 어래산, 동은 옥석산, 남은 갈곶산, 서는 소백산
정작 자신은 이들 산의 호위를 받으며
풍운으로 신선을 불러 덕을 키우고 있다
높아진 덕으로 초목은 풍성해지고 샘물은 솟구친다

북녘 칠용동계곡은 오지로 원시의 비경이다

모든 존재들이 자연 그대로다

물은 하늘의 음音으로 노래하고 춤추며

수목은 기쁨으로 자신의 근원을 보여준다

무위無爲가 가능할 때 이루어지는 일들이다

산 · 248

화순과 순천의 경계에 섰는 모후산에 간다
홍건적 난을 피해 이곳으로 왔던 공민왕은
이 산을 보고 자신의 어머니 같다며
덕여모후德如母后라 모후산으로 불렀다
산의 덕德이란 무엇인가
산의 덕은 멈춤[止]과 고요함[靜]이다
멈추어서 고요함에 들면 만물의 제자리가 보인다
모든 것이 제자리로 돌아가면 혼란이 없어진다

운월재에서 운월산을 거쳐 정상으로 향한다
길고 긴 능선은 오르락내리락 파도치며
산죽은 두 손을 붙잡고 낙엽은 두 다리에 매달린다
운월산, 구름과 달은 짝이 되어 어디로 갔는가
널찍한 공터에 갈 길 모르는 바람만 가득하다
걷고 또 걸으며 고뇌의 껍질을 벗겨낸다
안분지족安分知足에 들 즈음 정상에 이른다
산세는 묵직하고 안정되어 믿음직하며

높되 고요히 위엄을 갖추고 내공을 다진다
주암호는 삼면을 두르며 독특한 수채화를 그린다

용문재 아래 계곡은 편백 삼나무로 울창하다
아름다운 생태숲으로 힐링의 발길이 잦고
중심에 위치한 유마사는 빨치산 본거지였던가
험한 산세에 지리적 요충으로 슬픈 역사의 현장이다
산은 언제나 가면히 있으면서 도리를 다하여
만물을 윤택하게 기르고 세상을 바르게 가르친다
모후산의 덕을 우러르면 창성과 화락이 깃들 것이다

산 · 249

창원에서 도봉산을 향해 새벽을 가른다
2월의 아침 공기로 설레는 마음 다독거린다
심원사에서 다락능선 포대능선을 거쳐
신선대에 오르고 오봉과 여성봉을 지나
송추로 하산하여 창원으로 되오는 산행길이다

도봉에 오르면 도인이 될 것인가
신선대에 서면 신선이 될 것인가
암봉들은 바람에 잔설을 휘날리며
나를 본체만체 딴전을 부린다
직립바위를 비집고 쇠줄 하나 잡고 오르며
천의 느낌과 만의 생각을 죄다 지운다
텅 빈 나는 신선대를 꽉 붙잡는다
이대로 얼마를 보내야 저쪽을 볼 수 있을까
선 채로 먼 하늘을 본다
구름은 제 갈 길을 서둔다
자운봉 만장봉 성인봉 오봉 여성봉

발아래 바위들은 세상만큼이나 어지럽다
건너편 수락산이 반갑게 손을 내밀고
북한산은 서울을 지킨다고 땀을 흘린다
산은 산이고 사람은 사람이다
산 같은 사람, 사람 같은 산은 어디에 있을까

산 · 250

등산의 본질은 자유에 있다
자유는 자연의 속성으로 자신을 높여준다
자유를 얻으려 보은 구병산에 간다
구병산은 속리산 남단을 동서로 가로 지르며
아홉 개의 암봉이 아홉 폭의 병풍을 만든다
적암에서 토골로 아슬아슬하게 올라 능선에 선다
온통 바위능선으로 마음을 한없이 문지른다
중간의 동봉 아래 넓은 반석, 신선대에서
두 신선이 세월 좋게 바둑을 두고 있다
엿보는 나무꾼은 도끼 자루 썩는 줄 모른다
속리俗離의 경지인가, 새로운 자유의 바람 분다
정상에 서니 백두대간에 걸린 속리산은
세상을 잊은 듯 구름의 그림자 속에 잠긴다
심오골 거처 아슬아슬하게 적암으로 되온다

바위는 암석 그 이상을 의미한다
바위에 마음을 대고 문지르니

부정은 사라지고 긍정만 남는다

환상을 벗은 마음은 한결 숭고하고 자유롭다

신은 바위에 자유의 뿌리를 내렸는가

참으로 자유다운 자유가 땀방울 속에 빛난다

이 자유로 무無의 문을 두드려

구차한 분별의 세계를 초탈하고 싶다

산 · 251

산은 능선과 고개가 교대되면서
파란 하늘에 아름다운 그림을 그린다
한계령에서 양양을 바라보고 서면
왼쪽은 설악산, 오른쪽은 점봉산이다
설악은 엄한 아버지, 병장기로 무장한 무인 같고
점봉은 인자한 어머니, 시정詩情을 품은 문인 같다
이 고개에 서면 왜 그런지 십중팔구로
발길은 설악으로 향하고 눈길은 점봉으로 간다

이번 6월은 발길을 눈길에게 양보하고 싶다
점봉산의 입산은 허가를 얻어야 한다
한반도 자생식물의 남북방 한계선이 만나고
유네스코가 지정한 생물권 보존구역이다
오르는 길은 진동에서 단목령을 거처 정상에 이르고
곰배령으로 내려서서 진동으로 되온다

오르내리는 길에서 만나는 수목과 산야초는

하늘의 별빛처럼 아름답고 아련하다

자연 그대로이고, 무위無爲의 세계다

잠시 발길을 멈추고 옷깃을 여민다

지구촌은 사람만 사는 곳이 아니고

사람의 뜻이 하늘과 땅을 당할 수 없음이다

정상은 넓은 어머니의 가슴팍이다

저 설악의 당찬 기운도 여기에 안긴다

오색 주전골의 생기生氣가 바람으로 오르고

동해의 푸른 물결이 한꺼번에 몰려든다

남으로 내려가는 이 땅의 백두대간에게

더욱 자신만만하라고 다독거린다

산 · 252

산의 아름다움은 높이에만 있지 않다
물을 끼고 가깝고 먼 경치가 어울리면
빼어난 산수화로 산수진경이 된다
영동 양산의 갈기산은 자주 찾는다
영동에서 시작하여 갈기산을 먼저 오르고
충남북 도계의 월영봉을 지나 금산에 내린다

산줄기와 금강의 물줄기가 함께 흐르며
적당한 높이에 암릉과 소나무가 어울린다
정상은 아슬아슬한 암봉 위에 버티고
그 아래 절벽은 금강에 뿌리를 내린다
본시 절벽과 강물은 신선과 봉황을 부르고
시인묵객은 강선대에서 시 한 수에 술 한 잔이다
건너편 양산 강가에는 금강 둘레길이 훤하다

산세는 길게 휘어져 말굽형이다
갈기산은 말갈기능선이 자랑이다

어떻게 말의 목덜미처럼 바위를 엮었을까
한참 걸은 뒤에 되돌아보니 선경이다
능선은 봉우리와 고개를 반복하더니
달빛에 젖어 금강에 일렁이는 월영봉에 이른다
가슴 아리는 사연이야 누구에게나 있는 일이다
하필 월영인가, 저 강줄기 저 산줄기 남겨두고
서둘러 출렁다리 건너 금산에 내려선다

상주는 어머니의 고향 같다

언제 들러도 편안하고 다정스럽다

넓은 들판에 낙동강이 유유히 흐른다

황지에서 발원한 낙동강이 여러 곳을 거쳤지만

이곳 상주[尙洛]에서 비로소 700리 본류를 이룬다

예부터 문물이 융성하여 살기 좋은 길지의 고장임은

경상도의 지명, 경상慶尙이 경주의 경慶과

상주의 상尙의 합성어임에서도 알 수 있다

상주의 기상과 번영을 키우는 삼악三岳을 찾는다

연악 갑장산, 노악 노음산, 석악 천봉산 중에서

고려 충렬왕은 갑장산이 영남의 으뜸산이라 했다

갑장산은 상주의 안산으로 사장四長을 길러준다

덕德과 재才, 학學 그리고 식識이다

산세는 바위와 숲이 적당히 어울려 있고 신령스럽다

편안하게 오솔길을 걷듯 오를 수 있지만

주능선에 서면 동쪽 깎아지른 절벽은 시원하게

낙동강의 도도함을 그대로 드러낸다

마음이 부드러워지면서 기골이 장대함을 느낀다

정상 가까이 문필봉에 서니 상주가 가슴에 안기다

상주를 찾는 문사들이 어찌 시 한 편 남기지 않으리

산수의 넉넉함에 하늘과 땅을 아우르며

정신의 한없는 자유로움에서 사장四長을 그린다

산 · 254

화순 백아산은 흰 거위의 산이고 한恨의 산이다
덕고개에서 마당바위를 거쳐 정상에 오르고
남쪽 자연휴양림으로 내린다
산세는 험악하여 천연요새로 기록되나
수많은 준봉으로 이어지는 능선은 하늘을 가르고
울창한 수림은 날카로운 바위를 감싼다

정상 부위는 하얀 거위들이 무리지어 앉아 있다
누가 집에서 기르다가 내다버렸는가
이제 거위는 하늘의 힘을 얻어 기러기로 되돌아가서
오직 태양을 향해 뜬구름 사이를 날고 싶다
그간 인간들의 대접이 너무나 슬프다
황금알을 못 낳는다고 구박하는가 하면
살점은 뜯어 멋대로 맛을 내어 즐기고
귀엽다고 쓰다듬더니 한순간에 털을 뽑아 써버린다
인간들의 허풍과 작별하려니 천지가 새로워진다

험준한 산세는 슬픈 역사의 기록을 남긴다

빨치산의 근거지로 무수한 인명이 희생되었다

이제 무등산과 지리산을 잇는 새로운 바람이 불어

숨막혔던 현실은 저 푸른 창공으로 사라졌다

마당바위와 절터바위의 하늘다리는 출렁거리고

빨치산 사령부 자리는 자연휴양림이 되었다

본시 험준하면 전진하는 데 고생은 따른다

변함없음에 맡기면 어느 때고 막힘이 없어진다

산.255

10월 억새꽃이 필 무렵에
울음의 산, 명성산을 찾는다
산은 본시 울지 않는다
산의 본성은 멈춤[止]이고 고요함[靜]이다
불어오는 바람을 멈추게 하고
밀려드는 강물을 밀어낸다

망국의 한恨이 얼마나 컸으면
궁예의 울음이 이 산을 울게 했을까
그 울음은 억새꽃이 되어 흐느적거린다
억새 위로 비운의 바람이 불어들면
억새는 더욱 하얗게 창백해지고 눕는다

세상을 먼저 아는 것은 바람이다
바람은 길을 만든다
험난한 길도 덕德이 굳건하면 서슴없다
무난한 길도 낙樂이 지나치면 후회가 따른다

산정호수에도 바람이 찾아든다

바람결에 따라 물결이 지어진다

이따금 어느 병촌의 포성이 들리면

산의 그림자는 수면을 지운다

명성산은 난세에서 물러나 머물며[山]

하늘을 우러러보며 고요함[靜]을 누린다

이제 누가 와도, 어떤 일에도 울지 않을 것이다

산줄기를 완주한 끝에 정상에 선다

서녘 하늘은 벌써 붉게 물들기 시작한다

산 · 256

희양산, 그 전면은 오를 수 없다
동서남 3면은 화강암의 절벽이다
북쪽 연풍 은티에서 지름티재에 오르고
암릉길은 만행에 나선 듯이 접근한다
어렵게 정상에 서니 세속을 떠난 듯하다
백두대간의 고봉준령에 아득한 마음이다

남쪽 문경 가은에서 바라보면
희양산은 보기 드물게 걸출한 도인道人이다
그 모습은 우뚝 서 있는 것 같기도 하고
가부좌를 틀고 벽면에 기대고 앉은 듯하다
환하게 빛나는 얼굴은 항상 기쁜 듯하고
초연하였으니 어떤 얽매임도 없이
한가로이 도道의 세계에 머물고 있다
선仙인가 불佛인가 아니면 유儒인가
미미한 나로서는 짐작조차 어렵다

산 아래 정말 좋은 자리에

신라 때 개산한 봉암사가 앉아 있다

그 일대는 출입이 통제되어 접근할 수 없다

인간이 하는 일이 얼마나 하찮은가

인간은 그냥 산을 닮고

산의 깨우침을 얻어야 한다는 생각이다

산 · 257

백두대간에서 정남으로 뻗어내린 산줄기 하나가
봉화의 춘양과 소천을 가른다
금강송의 솔바람 소리가 가득한 능선에
각화산과 왕두산이 가까이 형제처럼 앉았다
각화사에서 왕두산을 먼저 오르고 각화산으로 간다
정상에서 북녘을 보면 백두대간이 태백산에 이른다
그 아래 크고 작은 산들이 오손도손 태평스럽다

각화산 정상 바로 어귀에
조선왕조실록의 태백산사고지가 있다
사고史庫는 전란의 화를 면하려고 분산되어
이곳 외에도 오대산 정족산 적상산에도 있다
실록은 문화유산으로 유네스코에 등재되어 빛난다
각화산에서 조선의 왕들을 대하니 감개무량하다

금강송은 황장목 춘양목으로도 불리워지며
이곳 춘양의 기차역에서 봉화 울진의 금강송들이

압송되어 실려 나갔다 어디로 갔을까
금강송은 속이 금강석처럼 단단하고
안팎이 불그스름하며 술에 취한 듯 아름답다
봉화읍으로 나가는 길에 다덕약수 한 잔으로
붉어진 나의 얼굴을 흔들어 깨운다

산 · 258

이 산은 왜 여기에 있고
저 산은 왜 저기에 있는가
산의 존재는 신神의 영역이다
산의 정신, 산의 영혼을 깨닫는 것은
만고의 진리를 얻는 것만큼 까마득하다
오직 맑은 마음, 텅 빈 마음으로
가까이 가서 살펴보고
멀리 물러서서 살펴볼 일이다

화악산은 경북 청도와 경남 밀양을 가른다
청도의 진산이라며, 밀양의 진산이라며
산정에는 두 개의 정상석이 서 있다
동서로 쭉 뻗은 7 km의 주능선에는
크고 작은 암릉이 발달하여 웅혼을 느끼게 한다
먼 곳에 보이는 것이 구름인지 산인지
화악 자신도 자주 구름에 잠기며
정상 아래 어귀에 운주암을 품고 있다

구름은 하늘이다

높이 떠 있어 세상을 내려다보며

사방으로 정처없이 돌아다니는 것 같아도

구름의 뿌리는 산이며

구름은 산중에서 생긴다

구름의 마음은 달과 같이 담박하고 무욕하다

운주암에서 구름의 마음으로 산을 본다

산 · 259

용문산은 양평의 자랑이다
산세가 험준하고 웅대하다
정상 아래 용문사를 열고
은행나무 한 그루 크게 키운다
남한강이 여주에서 거슬러 오른다
용문龍門을 열고 용 같은 인물 기다린다

용문산은 깨달음의 산이다
용문사 법당 목탁소리가 끊이지 않는다
천년수 은행나무는 수도승이 되었는가
살아 있는 화석으로 불멸의 자세로 섰다
용문사에서 정상 가섭봉에 오름은
용문龍門을 두드리는 정진의 일이다
바위에 마음을 끊임없이 문지르면
사악함은 사라지고 텅 비게 되어
나는 산이 되고 산은 내가 됨을 깨닫는다

정상 가섭봉에 서면 서쪽으로

서울이 손에 잡힌다, 왜 서울인가

동에서 흘러온 남한강, 북에서 내려온 북한강

두 강물을 섞어 한강을 만들고 서울을 기른다

높이 오르고 넓게 평안하길 바람에서다

양평이 용문산을 자랑하는 까닭이다

산 · 260

산의 미학은 조망에 있다
조망은 산의 메시지로 희열과 동경을 일으킨다
아득히 물결치는 능선 그 위로
우뚝 솟은 봉우리는 하늘과 결합한다
그 신비함은 많은 의미들로 가득하여
눈이 맑아지고 귀가 열리고 마음이 편해진다

지리산 천왕봉은 어디서 조망할까
산청의 웅석봉과 둔철산에 오르면
천왕봉 얼굴이 다가와 내 얼굴에 포개진다
두 산은 경호강을 사이에 두고 형제처럼
동서로 마주하며 천왕봉과 일직선을 이룬다

맑은 달밤에 웅석봉에 곰처럼 앉아
천왕봉을 바라보면 그 신비에 황홀해진다
뒤돌아보면 경호강, 더 멀리 덕천강이다
산이 다하는 곳에 물이 흐르고

물이 돌아간 곳에 산은 우뚝하다

하늘이 맑고 물이 맑고 바람이 맑으니

산은 더욱 고귀해지는 것인가, 지리산아

산 · 261

10월 억새꽃이 필 무렵 오서산에 간다
오서산은 금북정맥 최고봉, 홍성과 보령을 가른다
보령 성연에서 시루봉 올라 주능선을 걸으며
보령 오서산, 홍성 오서산, 두 정상석을 만나고
왼쪽에 아차산을 두고 홍성 상담에 내린다

능선길은 한 점 그늘이 없고 사방으로 조망된다
길 옆에는 해풍으로 자란 작은 키의 억새가 무리 짓고
서해 천수만 일대, 안면도가 그림처럼 펼쳐진다
낙타 등을 타듯 오르내리며 명상에 잠긴다
까마귀를 생각한다, 오서산은 까마귀의 서식처다
오포烏哺, 까마귀는 낳아준 어미를 보은한다
사람이 저 새만도 못함을 어찌 슬퍼하지 않으리
까마귀는 해다, 해에는 삼족오三足烏가 산단다
완전하게 노출된 능선 위의 내 모습을
저 해, 저 까마귀는 무엇으로 내려다볼까

오서산은 서해의 뱃길을 밝혀주는 등대였고

역사의 뱃길을 열였던 인물도 낳았다

홍성은 만해 한용운, 백야 김좌진의 고향이고

보령은 토정 이지함, 작가 이문구의 고향이다

백야는 홍성 출신이지만 보령 아차산 아래 잠들었다

마침 서풍이 불어 마음은 잔잔해지고 하늘은 높다

멀리 보려는 자는 높이 날아오르는 저 까마귀 뿐인가

산 · 262

나는 무엇을 발원하는가

그것을 위해 진실로 얼마만큼

정성을 들여서 기도하고 염원하는가

이런 나를 되돌아보기 위해서

진달래꽃이 만발하는 봄철에

경주 건천의 단석산을 찾는다

우중골에서 신선사를 경유 정상에 오르고

북쪽 진달래 능선으로 방내리에 내린다

단석산은 신령스런 기운으로 우뚝 섰다

신라 때 경주를 지켜주는 자연산성이었고

화랑의 수련 무대로 크게 쓰였다

신선사에서 국보 마애불상군을 만난다

거대한 암벽이 돌방을 이루며

벽면에는 여러 불상과 보살상이 새겨졌다

불국정토의 세상을 염원하는가

신라의 삼국통일을 발원하는가

산정에는 화랑 김유신이 신검으로

일도양단한 단석斷石이 있다

마음이 오로지 한 곳에 이르면 못 이룰 일이 없다

세속오계를 기반으로 나라를 위해

수련 단련한 화랑도의 정신을 되새긴다

하산길 진달래 능선은 온통 붉은 물결이다

경주를 바라보고 줄지어 선 화랑들

그들의 붉은 마음은 아직도 흐르고 있다

산.263

횡성 공근과 홍천읍을 가르는 한강기맥에
오음산은 좌우에 삼마치 작은삼마치를 두고 섰다
다섯 가지 소리가 들렸다는 오음산五音山과
말을 세 번 갈아타서 넘었다는 삼마치三馬峙는
장수와 말에 관한 전설로 덮여 있다
삼마치 고개에서 능선길로 오음산에 오르고
남쪽 사기점골로 공근 창봉에 내린다

산세는 바위와 수목이 어울려 수려하다
들꽃과 진달래가 무성하게 군락을 짓고
소나무와 자작나무 숲이 아름답게 펼쳐진다
오늘따라 산새들의 재잘거림이 유난하다
삼마치는 끔찍하고 고통스러운 역사도 가진다
한국전쟁 때 중공군 4차 공세로 삼마치 전투는
수많은 희생자를 슬픈 기록으로 남겼다

높고 깊은 산에는 오음五音으로

산의 음악회가 자주 열린다

물과 바람 새 짐승 풀벌레가 출연하여

멋진 화음으로 즐거움을 안겨준다

귀 기울이면 음악은 더 다양하고 매혹적이다

해와 달 별 구름 나무 바위가 산의 아름다움을

오묘한 진동으로 노래한다

산은 우주의 리듬을 대변하는가

산의 음악으로 우주에 닿는 마음의 평화를 얻는다

산 · 264

나의 새로운 길은 늘 밀양의 산에서 찾는다
밀양 역산 가는 날은 새벽부터 신바람이다
산외에서 산내로 들어서면
나의 두 눈은 부릅뜨이고 마음이 움직인다
산줄기 사이로 저 얼음골 냉기가 스며들고
산들은 씩씩하게 도열하여 맞이해준다
수문장으로 북암산이 우람하게 버티어 섰고
그 뒤로 역산 운문산 가지산이 정좌한다
오늘은 인곡에서 북암산을 거쳐 역산에 오르고
팔풍재에서 석골사로 내려선다

북암산은 바위로 되어 그 풍채가 당당하다
바위는 땀방울로 변해 내 몸에 흐르며
추상적인 내 삶을 말없이 간추리고
존재의 근원이 얼마나 쓸쓸한지 일깨운다
무엇으로부터 벗어나야 참으로 자유로울까
걸음에 걸음을 보태며 고도를 높여간다

문바위봉을 지나니 사방이 열리며 억산에 닿는다

경남 밀양과 경북 청도의 경계에 선
억산億山, 수많은 산 중의 산인가
억산은 사색의 산이다
가슴을 열고 마음속을 산에 죄다 드러낸다
그 무엇이 그렇게도 많았던가 헤아려본다
저 멀리 영남 알프스는 흰 구름에 잠겨가고
만산을 흔들어 깨우는 바람이 시원하게 분다
유한에서 무한으로 가는 길은 있는가
훨씬 편안해진 마음으로 하산한다

산 · 265

6월은 모란이 가고 작약이 오는 계절이다
도전과 용기에 열정을 불사르는 빨간 작약
우아한 사랑과 로맨스를 기약하는 분홍 작약
순결을 지키고 명예를 새롭게 하는 하얀 작약
행복과 기쁨을 주며 우정을 신뢰하는 노란 작약
창의와 영감으로 높은 가치를 추구하는 보라 작약
이들 작약에 빠져드는 마음을 달래려고
작약처럼 아름다운 자태의 작약산에 간다

작약산은 상주 이안과 문경 가은을 가르며
속리 형제봉이 동으로 뻗어나온 작약지맥 중심이다
이안 구미에서 정상에 오르고 시루봉 거쳐 하산한다
구미마을은 작약능선으로 안온하게 둘러싸이고
작약의 향기가 가득하고 수목이 아름다운 승지다
산세는 계곡이 깊고 송림이 울창한 육산으로
오를수록 중후한 작약의 운치에 매료된다
정상에 서면 북쪽 백두대간 고봉준령이 다가오고

가까운 풍혈風穴에서는 새로운 바람이 일어난다

작약은 꽃으로 사람의 마음을 어루만지고
그 뿌리는 약제로 사람의 몸을 다스린다
신神들의 의사, 파에온(Paeon)은 작약으로
불멸의 신들, 그들의 상처를 치료하였다
도전하고 싶은가, 빨간 작약으로 열정을 키워라
사랑하고 싶은가, 분홍 작약으로 애정을 기르라
명예롭고 싶은가, 하얀 작약으로 순수를 지켜라
시인이 되고 싶은가, 보라 작약으로 영감을 얻어라
우정을 갖고 싶은가, 노란 작약으로 신뢰를 지켜라

산 · 266

난세亂世가 되면 모두가 고통에 빠진다
누가 난세의 돌파구를 열 것인가
그는 불세출의 용봉龍鳳같은 위인이다
산은 사람을 낳고 기르며
사람은 산을 존숭하며 성장한다
용봉을 기다리는 한결같은 마음으로
용봉을 많이 배출한 용봉산에 간다
용봉산은 홍성과 예산에 걸쳐 있으며
홍성에서 성삼문 김좌진 한용운 최영
예산에서 윤봉길을 길러 청사에 남겼다

홍성 용봉초교에서 용봉산에 오르고
수암산을 거쳐 예산 세심천에 내린다
바윗길과 숲길이 꿈틀거리며 반복되는
일직선의 긴 능선은 봉황의 무대로 장엄하다
용봉산은 홍성의 진산이고 호서의 금강산으로
용의 모습에 봉황의 머리를 닮아 비범한 산세다

기암괴석이 서로 경쟁하고 묘하게 어울리며

금강산의 만물상을 옮겨놓은 듯 장관이다

능선 좌측에는 수덕사를 품은 덕숭산이 손짓하고

우측 용봉사에는 최영 장군이 무예를 닦고 있다

수암산은 예산의 작은 용봉산으로 빼어난 바위와

울창한 수림으로 산행의 긍지를 드높여 준다

고암 이응노 화백의 눈길이 곳곳에 번득이며

용봉산과 수암산은 이제 새로운 용봉의 잉태에 든다

산 · 267

때 묻지 않은 사람을 만나게 되면
마음은 자못 상쾌해지고 숙연해진다
산의 경우도 마찬가지다
청정무구한 산을 만나면 숨이 멎는다
단양의 대강에 있는 황정산이 그렇다
빗재에서 남봉을 거쳐 정상에 오르고
북쪽 영인봉을 지나 원통암으로 내린다

산세는 바위와 노송으로 어우러진 비경이다
기암괴석과 반석이 꾸미는 긴 능선길
그 곳곳에 노송은 수도를 끝낸 듯 허심하게 섰다
중간중간에 밧줄을 잡고 오르고 내리며
산의 마음속으로 내 마음을 밀어 넣는다
정상 아래 절벽에 비스듬하게 앉은 큰 반석
그 위로 장송長松이 누워 있다, 누운소나무
누워서 지내며 하늘을 많이 보려고 그러는가
푸른 미소에 씩씩하고 환한 모습이다

산자락에 천년 노송이 깊은 생각에 잠겼다가

내 발자국 소리에 깨어나 반겨주며

산의 비밀스러운 것들을 들려준다

산이 자연의 힘 앞에서 어떤 자세였는가

산의 정체성은 어떻게 확고해지는가

산 · 268

봄인가, 그리움이 온몸에 스멀거린다
높은 곳에 서면 그리움이 더 잘 보일까
서둘러 배낭을 챙겨 원동으로 향한다
토곡산이 저만치서 반갑다고 손짓하며
만발한 매화 속에서 휘파람새는 누굴 찾고 있다
낙동강물은 몸을 풀고 대양으로 떠날 태세다
원동초교에서 정상에 오르고 함포로 내린다

토곡산은 양산의 원동과 물금을 아우르며
낙동강을 지키고 매화와 벚꽃을 피워내며
강변으로 달리는 경부선을 바라보며 우뚝 섰다
산세는 암릉에서 암릉으로 이어지지만 아름답고
쉬엄쉬엄 오르다가 뒤돌아보면 멋진 풍경들이다
강물은 은빛으로 반짝이며 유장하게 흐르고
이쪽저쪽 크고 작은 산들이 하늘을 떠받들고 섰다
정상에 서면 서쪽에서 천태산이 선뜻 다가오고
금정산으로 뻗은 낙동정맥의 산무리가 장쾌하다

영남 알프스의 맑은 계곡, 배내골은 여기서 끝나고
매화의 마을, 함포가 꽃잔치를 성대하게 벌인다

나의 그리움의 대상은 무엇인가
사람인가 산인가 사물인가
토곡산을 오르고 내려오면서 한 폭의 수채화에
두 발로 그린 수채화에 모두 담았다
그리움의 냄새가 배낭에 가득하다

산 · 269

만물을 있게 하고 변하게 하는 도道는
무엇이며 어떻게 터득할 수 있을까
노자의 말이다
도는 볼 수도 잡을 수도 느낄 수도 없다
도라고 말하면 이미 상도常道가 아니다
장자의 말이다
도는 개미에 기와에 똥이나 오줌에도 있다
도는 존재의 근원으로 초월하며
동시에 각각의 사물에 내재한다
도는 어디에 있다고 한정할 수 없다

온 천하가 길을 잃고 있다
올바른 길을 어디서 찾을 수 있을까
오늘은 도가 감춰 있을 것 같은 도장산에 간다
도장산은 상주 화북과 문경 농암에 걸쳐 있다
쌍룡계곡 용추교에서 심원사 거쳐 정상에 오른다
산세는 암봉과 노송, 계곡과 폭포가 수려하다

쌍룡계곡은 비경이고 심원폭포는 도를 두드린다

산 중턱의 심원사, 시골집같이 고요 속에 잠겨 있다

정상에 서면 조망이 경탄스럽다

북쪽에 청화산 시루봉, 서쪽에 속리산이 손짓한다

도장산道藏山은 백두대간 자락 마지막 비경이다

산과 물이 짝을 이루어 딴 세상인가

꼭 도를 가득 품고 있을 것 같다

마침 심원골을 타고 맑은 바람이 분다

도의 바람인가, 가슴을 한껏 열어젖힌다

산 · 270

산은 바다를 그리워한다

줄기차게 바다로 달린다

대간 정맥 지맥의 끝에서 바다에 닿는다

산은 언제나 바다를 향할 때 빛난다

해와 달이 바다에서 떠오르기 때문이다

바다는 산을 저만치로 밀어낸다

바람에 포말을 실어 보내 달랜다

산다움에서 의젓하길 바라기 때문이다

산은 세상에 이로움을 주려고 한다

온갖 초목과 금수가 생기를 잃지 않고

두루 함께 즐기는 존재의 무대가 되고

자신과 더불어 남을 양육하는 지혜를 준다

산 위에서 바라보는 바다는 어떨까

기장 일광에 있는 달음산에 간다

북녘은 깎아지른 기암절벽이 병풍 같고

남녘은 완만하고 넉넉하다

정상에는 거대한 한 마리 독수리가 앉아

동해 창파 너머로 수평선을 응시한다

아, 저 아득한 푸른 수평선은

크고 작음, 멀고 가까움, 오르고 내림의 기준인가

해와 달이 저 수평선에서 오르고 내리는구나

달음산이 여기서 바다를 그리워함을 알겠다

산 · 271

산은 각자의 몫이 있다
그리고 그것을 역사로 간직한다
무주 적상산은 안국安國 호국護國의 산이다
산은 허리에 적벽의 붉은 치마를 두르고 늠름하다
군사의 요충지로 적격이라 일찍이
최영은 산성을 쌓고 무학은 기도를 올렸다
거란 왜구의 침입에 백성들의 피난처가 되었고
후금의 위협에 묘향산 사고가 여기로 왔다
지금은 양수발전의 몫을 다하는 중이다

가을인가, 바람이 붉어진다
서둘러 배낭을 챙겨 적상산을 찾는다
층암 절벽 위 안렴대에 서니
산은 붉게 물들었고 하늘은 더욱 높아졌다
누가 오로지 나라를 위하고 백성들을 살피는가
적상赤裳인지라 의령 홍의紅衣가 겹쳐
승병 의병의 충혼의 깃발이 구름 위로 휘날린다

저기 덕유산은 기세 좋게 남진한다
불어오는 덕유의 바람에 마음을 추스르고
천일폭포 앞에 가만히 선다
천길 절벽 위에서 적석의 기운을 머금고
물보라가 아래로 쏟아진다
어느새 배낭에 가을의 기운이 가득해진다

산 · 272

삼척 덕항산, 백두대간의 중심이고 자랑이다

산에 산이 겹쳤는가, 기암절벽의 험로다

덕에 덕을 더했는가, 고덕高德이다

고덕의 목덜미에 오르니 덕풍德風이 시원하다

첩첩 산중을 꿰뚫는 저 동해의 수평선,

내가 닦아야 할 덕의 기준인가

서둘러 덕항산의 내면에 빠져든다

선굴仙窟은 별천지, 신선의 영역인가

햇빛이 없어 암흑이고, 바람이 없어 정밀하다

오직 우렁찬 물소리만 신선의 풍악이 된다

홀연히 나의 모든 지각과 마음 쓰기는 멈춰지고

5억3천만 년의 시공으로 떠나간다

시간은 공간이고, 공간은 시간일 뿐이며

어떤 존재도 보이지도 잡히지도 않는다

간신히 물의 신에게 길을 물어 빠져나오니

기다려주는 것은 환영을 깨뜨리는 세상의 바람이다

산 · 273

산을 좋아하여 오르는 것은 자연을 좇는 일이다
자연을 좇을 때 진정한 선행善行이 가능하다
선행은 현재나 미래를 유익하게 하며
복리福利를 남에게 미치는 공덕功德이다
선행만큼 세상에 귀한 보배는 없다

더없이 그윽하고 고요함에 들면
번뇌는 자연히 없어져 선행을 할 수 있다
문경의 공덕산은 선善의 뿌리를 키우기에 좋다
대승사에서 방광재 거쳐 정상에 오르고
마애불상을 만나고 묘적암 윤필암으로 하산한다

나는 우주의 진리, 사물의 진상에서
얼마나 벗어나 있는가, 접근해 있는가
사실이 아니고 진실이 아닌 것에 사로잡힌 망상
두 손으로 쇠뿔을 잡고 소를 해체하는 것만큼이나
그 망상을 풀어내는 일은 참으로 어렵다
선지식이 앉았다 떠난 묘적암, 풍경소리가 적적하다

산 · 274

고헌산은 울주의 진산이다
멀리서 보면 돌올하며 덕성스럽다
가까이 하여 오르면 모성母性이 느껴진다
고헌의 덕성은 인자仁者 현자賢者 그것이다
그러나 고헌의 덕德을 아는 자는 드물다
인자는 덕을 완성하여 근심하지 않는다

오늘은 고헌의 덕의 향기에 취해볼 일이다
신기에서 흥덕사 지나 정상에 오르고
서봉 갔다가 동봉에 와서 고헌사로 내려선다
한여름 대통골은 새소리 매미소리가 자욱하고
숲은 하늘을 덮어 시원한 마음이다
어머니께서 이끄시는 대로 또박또박 오른다
정상은 넓은 마당이고 사방은 툭터졌다
발아래 낙동정맥을 밟고 남녘을 본다
영남알프스 고봉준령이 시원하게 출렁거린다

고헌은 스스로 그 무엇을 내세우지 않는다
구하는 자에게만 인仁의 마음을 키워준다
인仁의 덕은 남을 먼저 헤아리는 것이다
화합과 조화가 인仁의 실천이다
만산을 두루 아우르는 고헌의 큰 덕량에
하산길이 좀더 넓어지고 의젓해지는 발걸음이다

산 · 275

기쁘고 즐거운 일이 일어날 것인가
길한 조짐은 신의 따뜻한 뜻의 표시다
뜻밖에 상서로운 감응을 얻게 되면
그것은 구차한 삶에 희망과 위안을 준다
이렇게 해서 세상이 살 만한 곳으로 보인다면
얼마나 다행스럽고 가슴 뿌듯한 일이 아닌가

서산 팔봉산은 서기瑞氣가 어려 있다
절반은 암봉이고 또 절반은 육봉이다
태안반도 너머로 서해를 내려다보며
옹골찬 모습으로 하늘과 짝을 이룬다
바위 숲을 헤집고 안고 오르면 가슴이 뛴다
내가 바위가 되고 바위가 내가 된다
바위 사이로 올려다본 하늘에서
상서로운 구름이 가만히 내려앉는다

3봉 정상에 서니 사방이 시원한 조망이다

저 아래 가로림만의 해안과 섬들이 그림 같고

저 멀리 가야산과 덕숭산이 금북정맥을 내세운다

바다에서 상서로운 바람이 단숨에 달려온다

바위는 새롭게 일어나서 서기瑞氣를 품는다

서산瑞山, 상서로운 산은 여기서 비롯되는가

어떤 험난한 일도 순리대로 다스려질 것이다

산 · 276

일상을 떠나 소요逍遙하고 싶다
소요는 자유라는 본성을 찾아가는 길이다
동두천 소요산에 올라 소요의 뿌리에 닿으려고 한다
공주봉 지나 정상 의상대에 오르고
나한대 상백운대 중백운대 하백운대 거쳐
원효가 개산한 자재암에 이른다

자재암에 앉아 먼 하늘을 본다
파란 하늘에 흰 구름이 유유히 흐른다
구름의 행각에는 왜 장애가 없을까
조용히 눈을 감고 마음 혼자서 떠나게 한다
처음에는 몸 근처를 맴돌더니 곧 멀리 간다
지상 위로 가다가 드디어 창공으로 비상한다
마침내 아무런 저항도 없는 그곳에 도달한다
그곳은 무하유지향無何有之鄕이다
오직 자유, 절대 자유가 있을 뿐이다
어떤 속박도 없으니 얼마나 편한가

사람은 누구나 소요의 본능을 가지고 있다

일상에서 이것이 억압되면 삶이 활기를 잃는다

진정한 즐거움도 행복도 사라진다

소요하고 싶은가 그렇다면 자연에 순응해야 한다

자연을 따르고 자연의 변화와 함께 한다면

자연 그대로의 자유라는 본성을 유지할 수 있다

산을 가까이 하며 소요하는 것은 자적의 삶이다

산 · 277

파주의 임진강을 거슬러 오른다
반구정과 임진각을 지나 화석정에 이르니
시대적 희비에 휩싸여 몸이 뒤틀린다
발길을 감악산으로 돌리며 마음을 추스른다
정상에 서니 북녘 송악산이 꿈같이 아련하고
남녘 북한산이 흰 구름을 안고 다가온다
서북의 임진강, 동북의 한탄강은 제 갈 길을 서둔다

군사분계선은 어찌 생겼으며 누굴 위함인가
국단산하재國斷山河在인가
나라는 분단되어도 산과 강은 여전하다
산과 강이 수려한 풍광과 비옥한 터전을 제공해도
사람들은 치란성쇠治亂盛衰의 한계에 갇힌다
방촌이 갈매기를 벗삼고 유유자적하던 반구정에도
율곡이 강물에 시문을 쓰고 강학하던 화석정에도
전란의 불화살이 뛰어들고 포탄이 비 오듯 쏟아졌다

감악산은 파주 양주 연천을 아우르며
검푸른 눈빛으로 이 지역의 역사를 증언한다
삼국시대 병란의 격랑을 겪어냈고
6·25 동란의 잔혹함에 몸살을 앓았다
개성 송학의 대척지로 늘 북을 향하며
통일의 그날을 염원하며 의젓하게 섰다
범륜사 범종소리는 세상의 일을 걱정하지만
임진강물은 감악산을 남겨두고 유유히 떠나간다

산 · 278

남덕유산에서 동남으로 내려선 월봉산이
날갯죽지를 좌우로 길게 펼쳤다
좌에는 금원산과 기백산이 이어져 뻗었고
우에는 거망산과 황석산이 이어져 뻗었다
그 사이에는 영남 제일의 경승지 용추계곡이 놓였다
오늘은 장수사 조계문에서 도수골로 기백에 오르고
4km 능선길로 금원에 우뚝 섰다가
수망령에서 용추계곡의 수림 속으로 내려선다

기백과 금원은 함양 안의와 거창 위천을 가른다
기백의 정상에 서면 탁 트인 조망이 하늘에 닿으며
이쪽저쪽 능선을 보면 무작정 걷고 싶어진다
바람의 신, 풍백風伯이 누룩덤과 지우천을 지킨다
꿋꿋한 기운, 기백을 얻고 금원으로 향한다
바위와 억새 야생화로 아름답게 꾸며진 능선길은
산에 오르는 재미를 더해주고 긍지를 드높혀 준다
드디어 금원산, 금원암에 갇힌 금빛 원숭이가

금방이라도 뛰어나올 듯하고 저 아래 유안청에는
선비들의 글 읽는 소리가 자운폭포에 잠긴다
월봉산을 등지고 수망령에서 용추계곡 내려다보니
개선의 깃발을 든 장수 같아 신바람이 난다

용추계곡은 그 아름다움으로 뭇 선비들로 하여금
진리삼매경에 들게 하는 동천으로 심진동이다
심진동의 심원정은 화림동의 농월정 원학동의
수승대와 함께 안의삼동이고 삼가승경으로
선비라면 누구라도 한번 와보고 싶은 곳이 된다
장수사는 어디로 가고 그 일주문 조계문만 홀로 서서
용추폭포에서 용의 승천을 기다리고 있는 것인가
마침 풍백이 바람을 일으키니 폭포는 하늘로 솟는다

산 · 279

산수만큼 인간 정신 영역을 잘 키우는 것은 없다
산과 물을 얻어 정신의 기氣를 맑게 하면
보는 것을 우주에 이를 정도로 크게 할 수 있다
장수의 팔공산은 산과 물을 얻기에는 안성맞춤이다
우측 백두대간의 기를 영취산 장안산으로부터 받아
금남정맥 호남정맥을 일으켜 충청 전라로 펼친다
물은 수분치에서 남북으로 양분되어
북류는 금강을 만들고 남류는 섬진강에 닿으며
곁의 신무산의 뜬봉샘을 섬진강 발원지로 다스린다

와룡리에서 오계재를 거쳐 깃대봉에 오르고
서구리재를 지나 정상에 서고 대성리로 내린다
깃대봉과 정상을 잇는 능선은 억새가 장관이며
정상에 서면 사방 펼쳐지는 능선이 파노라마 이룬다
산과 강은 스스로 하늘의 맑은 기운을 듬뿍 받아
이곳의 땅을 자연 그대로 온전하게 지켜낸다

일찍이 산기슭 팔공암에 8인의 도인이 들어와
산수의 청기淸氣로 득도하여 성인이 되었다면
이것은 팔공산이 호남의 진산으로 어느 산보다도
높은 정기와 기상을 품은 진면목이 될 것이다
팔공의 호연지기를 얻고 가벼워진 발걸음이다

산 · 280

어떻게 하면 담백무욕해질까
깊은 산중에 들어가 본다
보고 듣고 느끼는 것이 세상과는 너무나 다르다
하늘을 가만히 우러러 본다
흰 구름이 한가롭게 유유히 떠간다
저 구름 속에서 놀면 구름처럼 무욕해질까
오늘 하루라도 운유雲遊하고 싶다

문경 운달산雲達山에 가면 구름에 닿을까
김룡사에서 운달계곡 장군목 거쳐 정상에 오르고
금선대 화장암 거쳐 김룡사로 되온다
절 입구 전나무 느티나무 거목들이 하늘을 찌르고
장군목에 오르는 길은 거목들의 빽빽한 숲이다
북쪽으로 국사봉, 서쪽으로 성주봉이 바로 이어지며
동쪽으로 공덕산 천주봉 능선이 그림같이 아름답고
남쪽으로 주흘산 조령산이 문경읍을 건너 다가온다

정상에서 올려다보는 저 흰 구름으로부터

공중으로 떠오르는 기운을 듬뿍 얻어

하늘 높이 올라 구름 속의 학이 되었으면 한다

그러나 점점 구름의 그림자 속으로 빠져든다

소나무 그루터기에 앉아 슬기와 도량을 챙겨본다

슬기는 구름처럼 뭉게뭉게 떠올라야 하며

도량은 푸른 하늘같이 맑고 넓어야 할 것이다

자리를 털고 김룡사로 활달하게 걸음을 내딛는다

천 년 동안 울렸던 김룡사 범종의 장엄한 소리에

온 몸을 적시던 근심들이 씻은 듯 부신 듯 사라진다

산·281

아름다운 말을 듣거나 잘 지은 문구를 읽는 것은
감동을 주기 때문에 유익하다
아름다운 산을 대하는 경우도 마찬가지다
아름다운 산이란 산세가 수려하면서도
겸손하여 그 자신을 내세워 자랑하지 않으며
중대한 위치에 있으면서 묵묵히 그 몫을 다하는
숨어 있는 산이다 대미산大美山이 그렇다

대미산은 경북과 충북을 가르는 백두대간에서
포암산과 황장산의 중간에 위치한다
여우목고개에서 여우봉을 거쳐 정상에 오르고
부리기재에서 대성골로 중평에 내려선다
정상 부근은 검푸른 눈썹처럼 예쁘게 도드라지고
서북으로 월악의 영역이 광활하게 펼쳐진다
여기서 백두대간은 벌재에서 하늘재까지
경북과 충북의 경계를 덮고 있는 큰 지붕이다
그 지붕의 용마루에 대미산이 가만히 앉아서

만산을 내려다보며 하늘과 땅을 아우른다

여우목은 대미산 중턱 아래 여우목처럼 좁혀진
오지의 마을이고 동쪽으로는 여우목고개가 있다
한때는 백두대간 여우들의 좋은 안식처였고
그후 어지러운 세상을 피해 사람들이 숨어들었지만
병인박해의 순교로 지금은 여우목성지로 남았다
백두대간의 지붕 아래 맑고 서늘한 기운을 듬뿍 받아
사과와 오미자는 아무런 걱정 없이 잘 자란다
여우목고개에서 차 한 잔으로 잠시 남녘을 바라보고
벌재로 백두대간을 넘어 단양으로 들어간다
산과 물이 정성을 다해 만든 단양팔경이 펼쳐진다

산.282

사람 됨됨이는 인仁에 있고 인의 근본은 효제이다
효제孝弟는 부모의 효도와 형제의 우애다
하동 성제봉에 오르며 우애友愛를 되새겨본다
성제봉은 두 봉우리가 형과 아우처럼 다정히 섰고
형제봉이라고도 하며 성제는 형제의 방언이다
평사리 외둔마을에서 고소성 신선대 거쳐
정상에 오르고 수리봉 청학사 지나 정동리로 내린다

성제봉은 지리산 영신봉에서 뻗어내린 남부능선이
삼신봉을 지나 섬진강 앞에서 우뚝 선 것이다
암릉을 쉬엄쉬엄 오르면 산바람 강바람이 시원하고
뒤돌아보면 섬진강이 굽이치며 아련하게 빛난다
정상에 서면 북쪽으로 지리연봉이 장쾌한 모습이고
남쪽으로 토지의 무대인 넓은 악양 들판 너머로
섬진강이 하구 광양만을 향해 몸을 뒤척거리며
강 건너 백운산 아래 섬진마을에는 매화가 한창이다
서쪽으로 쌍계사 산자락 차밭에는 다향이 은은하고

화계장터에는 십리 벚꽃길의 발걸음들이 모여든다

형님봉과 아우봉의 우애는 무엇이 키우는가
노고단에서 천왕봉에 이르는 24km의 장엄한 기상
팔공산에서 발원하여 달려온 223km의 견인불발
지리산과 섬진강이 정성을 다해 우애를 키운다
섬진강은 하동에 이르러 동서화합의 힘을 발휘하고
하류 모래밭에 재첩을, 강안 돌에 벚굴을 기른다
광양 섬진나루에는 왜구를 물리친 두꺼비 울음으로
매화는 화들짝 피고 지며 물에 달은 출렁거린다
정철이 수월정水月亭에 앉아 흥에 겨워 논다
성제봉이 산과 강을 묶어서 새로운 경지를 빚는구나

산 · 283

새는 백두대간의 험난한 고개도 넘는다
조침령과 조령이 대표적이다
조침령은 인제 진동리와 양양 서림리 경계이며
새가 하루만에 넘지 못하고 고개에서 자고 넘는다
조령은 괴산 연풍 수옥리와 문경읍 상초리 경계이며
큰 암릉이 잠시 내려선 곳으로 억새가 우거진다
오늘은 이화령에서 조령산에 오르고 북쪽을 향해
신선암봉 치마바위봉 거쳐 제3관문에 내려서고
제2관문 제1관문으로 진행하여 산행을 마친다

조령산은 건너편 주흘산과 마주 손잡고
백두대간의 거대한 암릉으로 문경새재를 빙 두른다
정상에 서서 산과 산, 산 속의 산을 대하며
국토의 웅장함에 힘을 얻고 숙연해진다
산세는 암벽이 발달하고 기암 괴석이 이어지며
노송과 잘 어울려 그림같이 아름답고 대담하다
신선암봉 가는 길은 험준하다

곳곳에 아슬아슬한 밧줄 구간이 앞을 가리지만
암릉타기의 묘미를 즐기며 속진을 털어낸다
죽어 바위가 되겠다는 어느 시인의 말이 떠오른다

조령은 영남에서 북으로 넘어가는 관문이다
새도 넘고 사람도 넘는다
선비가 넘으면 벼슬길, 군인이 넘으면 전쟁길이며
서민이 넘으면 굽이굽이 한이 서리는 눈물길이다
무슨 좋은 소식을 들을 수 있을까, 문경聞慶이여
새재를 넘어오는 한양의 시원한 바람을 맞으며
하산길은 한결 가벼워지는 발걸음이다

산·284

산은 역사의 살아 있는 증언대다
격동의 역사라면 더욱 그러하다
항일운동과 한국전쟁을 분명히 기억하는
회문산으로 가면서 역사를 되새겨본다
회문산은 순창과 임실에 걸쳐 있고 정읍에 가깝다
주차장에서 산림관 헬기장 거쳐 정상에 오르고
동쪽 삼연봉 가는 고개에서 주차장으로 되온다

회문산은 북동남 삼면이 물이고 서쪽은 산악지대다
동북쪽은 옥정호를 낳고 섬진강이 흐르며
남쪽은 구림천과 일중천이 흐르고
서쪽은 봉우리와 골짜기가 첩첩한 엄중한 산세다
정상 아래 내안골 깊숙한 지역은 천연 요새로
동학혁명과 항일 의병활동의 근거지였고
한국전쟁 때 빨치산 유격대사령부의 주둔지였다
소설 〈남부군〉은 이곳 빨치산을 배경으로 하였다

산 아래 만일사에서 이성계의 등극을 위하여

무학대사는 만 일 동안 지극 정성으로 기도하였다

새로운 나라 조선의 개국은 역사의 흐름을 바꾸었고

억조창생의 운명을 몰라보게 다르게 만들었다

만일사의 가르침이 돌에 새겨져 있다

사흘 동안 마음을 닦는 것은 천년의 보배이고

백년 동안 탐한 재물은 하루 아침의 티끌이다

(三日修心千載寶 百年貪物一朝塵)

북쪽 옥정호로 발길을 돌려 강물을 살펴본다

국사봉에서 내려다보는 옥정호는 물안개에 잠겼고

산과 물이 하나가 되어 몽환적인 그림을 만든다

물안개 길 따라 오가는 발걸음들이 허우적거린다

사람의 길은 언제 어디서나 산과 물이 만드는 것인가

산 · 285

대봉산은 백두대간 백운산이 동쪽으로 줄기를 뻗어
함양 가운데서 우뚝 솟은 함양의 진산이다
빼재에서 감투산 윈터재 거쳐 계관봉에 오르고
동쪽으로 1.3km 거리의 정상 천왕봉에 선다
계관봉은 우뚝 치솟은 암봉으로 기상이 대단하다
선비가 걸어둔 갓인가, 닭의 벼슬인가
봉 아래 천년의 나이가 든 철쭉이 가만히 섰다
천왕봉은 서북으로 덕유산, 남녘으로 지리산을 보며
원만하게 높이 솟아서 함양을 굳건히 지켜낸다

왜 함양이고, 왜 대봉산인가
함양은 1000m가 넘는 산이 19개에 달하며
산고수장山高水長으로 대봉 같은 선비를 길러서
안동과 쌍벽으로 유교문화의 두 중심축이다
대봉산은 유학의 상징과 같아 우러러 보인다
천왕봉은 중후하고 후덕한 모습으로 인仁이고
계관봉은 걸출한 모습으로 지智와 용勇이다

대봉을 기다리는 마음으로 지리산 영봉을 바라보니
흰 구름이 모든 시름 잊고 두둥실 넘어간다

하산하여 점필재가 남긴 유학의 발자취를 더듬는다
학사루에서 신라의 학사, 최치원을 만나보고
일두 고택과 남계서원에서 선비정신을 얻는다
높은 산과 맑은 물이 만드는 선비의 길,
그 길을 좇아 화림동계곡으로 향한다
남덕유에서 흘러내리는 물길 따라 누정이 늘어섰고
농월정에 잠시 앉으니 낮달이 서편으로 기운다

산 · 286

매는 세상에서 가장 빠르고 강하게 나는 새로서
사냥감을 결코 놓치지 않는 최고의 사냥꾼이다
그 용맹은 무사에게는 전투에서 용감무쌍이고
선비에게는 진리를 향하는 지조와 절개이다
동해를 향해 비상하려는 매의 형상, 응봉산에 간다
응봉산은 경북 울진과 강원 삼척의 경계를 이룬다
덕구온천에서 온정골로 용소폭포 원탕 지나 오르고
옛재능선으로 동해를 바라보며 하산한다

응봉산은 기운찬 능선과 울창한 적송이 자랑이다
산 중턱에서 힘차게 자연 용출되는 온천수는
응봉을 찾는 이에게 더없이 좋은 선물이 된다
정상에 서면 15km 밖으로 동해가 넘실거리고
백암산 통고산 태백산이 눈에 가득 찬다
동서의 깊고 험준한 계곡은 매의 기상을 드높인다
서쪽 덕풍계곡은 원시림 속에서 산양을 기르고
지척의 소광리는 금강송 자생지로 명성이 높다

하산하여 응봉이 해를 맞이하는 동해로 다가선다
동해는 우리나라 상징이고 험난한 세상 상징이다
거친 세상에서 굴하지 않고 높은 가치를 추구한다면
이것은 의롭고 아름다운 일이 아니겠는가
울진의 동해는 망양정과 월송정에서 봐야 한다
망양정은 왕피천이 바다와 만나는 어귀에 우뚝 섰고
숙종은 〈관동제일루〉의 현판과 어제시를 내렸다
망망대해, 저 위의 하늘, 하늘 위에는 무엇이 있을까
바닷가 푸른 소나무와 소나무에 걸린 달을 보며
만경창파 가르며 비상하는 매의 기상을 맘에 담는다

산 · 287

국가란 무엇인가
나에게 왜 국가가 있어야 하는가
나는 국가를 위해서 무엇을 해야 하는가
다시금 국가를 생각하며 국망봉에 오른다
국망봉은 소백산 비로봉의 동북쭉 능선에 섰다
순흥 배점에서 죽계구곡 초암사 지나 오르고
국망봉에서 비로봉 갔다가 원점회귀한다

국망봉은 국가를 바라보고 기대하고 앙모하며
자기 자신을 되돌아보게 하는 튼튼한 망루다
마의태자는 여기서 망국의 한으로 경주를 보다가
금강산으로 들어가서 불귀의 몸이 되었다
5월 철쭉의 연분홍 물결에 격하게 휩쓸려
육신과 영혼은 저 아래 죽계천으로 흘러간다
비로봉 언저리 주목들은 아무런 싫증도 없이
하늘의 별을 따다가 에델바이스로 키운다
하늘은 높고 소백산은 원만하게 크고 무겁다

비로봉과 국망봉이 마주하며 기르는 호연지기로
영주는 위대한 인물과 심오한 학문의 땅이 되었다

신재가 백운동서원 열고 퇴계는 소수서원 만들어
선비를 길러 국가의 튼실한 간성이 되게 하였다
이미 무너진 학문을 다시 이어 닦게 한 것은
국가가 무너지는 일을 없게 하는 깨달음 때문이다
죽계구곡을 오르내리니 죽계천의 맑은 물소리에
선비들의 글 읽는 낭랑한 목소리가 중첩되어 들린다
자강불식, 이것은 국망봉이 내게 준 채찍질이다

산 · 288

거창은 사방이 고산으로 둘러 싸인 분지다
이런 산들을 한눈에 조망할 수 있는 곳은
양각지맥에 우뚝 솟은 보해산과 금귀산이다
양각지맥은 수도산 아래 양각산에서 흰대미산 거쳐
북에서 남으로 일직선을 이루며 뻗어내려
거창읍과 가조 가북을 양분하고 합천을 향한다
가조 당동마을에서 금귀산 오르고 큰재를 거쳐
보해산에 이르고 주상 거기마을로 하산한다

보해산과 금귀산은 2.7m 상거에 형제처럼 섰고
보해는 빼어난 암산이고 금귀는 원만한 육산이다
두 산의 정상에 서면 동으로 가조를 빙 두르는
장군봉 우두산 비계산 두무산 오도산 미녀봉 숙성산
박유산이 파노라마 이루며 아름답게 춤춘다
서로는 덕유산 백두대간의 능선이 장중하게 흐르고
서남은 기백산 금원산, 남은 감악산 월여산이 섰다

보해普海는 너른 바다라지만 보해寶海로

바위와 노송이 보물로 가득한 6개 암봉의 산이다

산세는 서쪽은 완만하지만 동쪽은 천애 낭떠러지다

기암괴석과 노송의 경관은 설악의 용아장성이다

절벽과 단애의 벼랑 끝을 오르내리는 암릉길은

흩어진 마음을 다잡아 삶의 의지를 드높혀 준다

아슬한 바위틈의 일구암자는 오가는 산객 불러서

힘든 세상 소원이 무엇이냐며 잠시 쉬어가란다

금귀金貴는 지형이 금계포란형으로 신령스럽고

철인처럼 우뚝 솟아 금처럼 귀하게 여기는 산이다

정상은 봉화를 올려 위난을 알리는 망루이고

소나무 능선길의 풍경은 아름다움을 넘어선다

산 · 289

걷는 것도 명상이다
호젓한 산길, 홀로 걸으면 큰 명상이 된다
산길을 그냥 걷고 또 걸으면
번뇌는 자연 소멸되고 마음이 순수해진다
산은 나를 초월하여 존재한다
산은 나의 생각의 기준이 된다

백두대간을 걷는다
편안하고 호젓하여 꿈길 같은 길이다
이화령에서 황학산 거쳐 백화산에 간다
원점으로 회귀하며 명상에 잠긴다
하나의 생각에만 집중된다
사랑과 희망, 생명을 살리는 힘이구나
희망을 잃어갈 때 생명은 시든다
희망을 일으키는 것은 사랑이다
진실한 사랑만이 마음에 참된 희망을 담는다

나는 무엇을 할 수 있는가

나는 무엇을 행해야만 하는가

나는 무엇을 희망해도 좋은가

칸트의 고민도 산에서는 저절로 풀린다

자연의 숲에는 공존의 원리가 있다

산이 생각의 기준이 되면 모든 것이 자연스럽다

순수한 사랑과 희망의 힘을 기르기 위해

걷고 또 걸으며 무명無明을 벗긴다

산 · 290

호젓하고 긴 능선길을 혼자서 걸으면
산과의 대화가 자연스럽다
문경 동로에 있는 황장산을 찾는다
벌재에서 백두대간으로 소요하며 걷는다
페백이재 황장재까지는 아늑한 숲길이고
이곳에서 정상까지는 빼어난 암릉이다
정상에 서니 사방으로 산들의 함성이 대단하다
북은 문수 도락, 서는 대미, 남은 공덕 운달
동은 황정 문봉 수리가 기운을 북돋운다

나와 산의 관계는 어떠한가
나는 산을 사랑한다 본능적으로 사랑한다
나는 산의 일부분이고 산은 나의 일부분이다
둘은 행복한 결합이고 아름다운 관계다
산은 나에게 무엇인가 하늘이고 우주다
산길을 걸으면 하늘의 뜻이 짐작되고
산속에 앉으면 우주의 섭리와 힘이 느껴진다

산은 나에게 자유와 아름다움을 준다

이것들이 새로운 희망과 영감을 일으키며

비로소 하늘의 큰 즐거움이 찾아든다

산의 영원한 노래를 가만히 들으며

산으로부터 하늘의 비밀을 하나씩 터득한다

문득 존재의 근원이 느껴질 때 눈이 감긴다

산에서 세월의 다정한 설득을 받아들인다

산행은 그 무엇을 찾아가는 순례이고 만행인가

산 · 291

산은 위치와 모양새 크기에 따라서
그 산의 산격山格과 산품山品이 결정된다
이것이 잘 갖추어지면 빼어난 명산으로
사람들이 찾는 발길이 끊어지지 않는다
오르면 오를수록 새로운 힘이 솟아오르고
새로운 미덕이 발견되는 산이 있다
이런 산은 사람에게 영감을 불어넣으며
높고 푸른 고매한 정신을 길러준다

울진과 영양을 가르는 낙동정맥 백암산에 간다
백암온천에서 모시골로 백암폭포 지나 정상 오르고
합수곡 지나 선시골로 내선미마을에 내린다
백암산은 좌우로 멋진 계곡을 거느리고
동해를 바라보며 바닷가에 월송정을 세웠다
백암산이 동해를 응시하는 자태는 엄숙하다
밀려드는 바다의 힘에 맞서 꿋꿋하고 숭고하며
사람들에게 소박하고 현명한 것들을 제시한다

깊은 소나무 숲을 지나 월송정에 오른다
이곳에 잠시만 머물러도 선유仙遊가 엿보인다
푸른 바다는 푸른 하늘과 구별되지 않고
백사청송白沙靑松이라 해안이 절경이다
해안 모래는 해당화 기르며 눈부시게 반짝이며
울창한 송림은 속진을 떨어내어 딴 세상 만든다
맑은 달이 송림 위로 드러나면 숲은 우쭐거리고
신선들은 시 한 수 짓고 구만리 떠날 것이다
백암의 희고 밝은 빛에 바다는 더욱 푸르다

산 · 292

가을은 반추의 계절인가
역사를 되새기고 추억을 더듬는다
들녘 추수가 끝나가고 사방으로 소슬바람 불어
함양 거망산과 황석산을 찾는다
심진동은 동천洞天으로 딴 모습이며
용추계곡 거슬러 오르며 가을의 품에 안긴다
마하사에서 태장골로 거망산에 올랐다가
4.2km 능선길로 황석산에 이르고
우전으로 하산하여 봉전 거연정에 앉는다

거망은 산세가 깊어 은신하기에 편하다
무학대사가 은신암에서 구도하다가
불법의 그물 던져 중생을 구제하려 했던가
억새가 무리지어 영혼의 은빛으로 출렁거린다
갈대가 이별이라면 억새는 추억을 일으킨다
아득한 젊은 날의 꿈의 뒤안길을 걷는가
억새 숲길 헤집으며 황석으로 향한다

황석은 거대한 암봉으로 무장한다

백제가 황석산성 만들어 나라를 지켰고

정유재란 위기에 함양은 투혼을 불살랐다

덕유의 지맥이 닿고 지리의 연봉이 응원하니

이곳 사람들 가슴에는 지조와 절개가 깊고 굳세다

남덕유에서 발원되어 흐르는 화림동계곡에는

8담8정八潭八亭의 선비 풍류가 깃들었다

거연정에 앉아 그러함에 편히 머물러본다

청류가 검푸른 소를 만들고 암반 위로 구르며 흘러도

산바람이 구름을 안고 시원하게 불어와도

동하지 않고 깊어가는 가을 속의 무념에 잠긴다

시문을 짓던 선비의 풍류는 어디로 갔는가

산 · 293

걷는다는 것의 의미를 새롭게 하고 싶다
가을 바람 불어 만행의 길을 나선다
배내고개에서 간월산 신불산 지나 영축산에 서고
시살등 바라보며 함백재에서 통도사로 내린다
영남알프스, 그 장중한 능선을 구름 가듯 걷는다
간월 신불 영축은 하나로 꿰어진 3 봉우리
시간과 공간 끝에 선 한 점으로 보인다

억새밭에서 바람은 이리저리 제멋대로 딩굴고
바윗길은 발목 잡고 알 수 없는 말로 중얼거리며
구름은 하늘을 열었다 닫았다 둔갑을 부린다
얼마를 걸었는가 영축에 가까워지자
마음이 열리고 아상이 허물어진다
이제 나는 내가 아니다
하얀 억새이고 발을 채는 돌부리이며
하늘을 가리는 구름이고 둔갑을 부리는 바람이다
백운암에 앉아 먼 산을 불러보니 응답이 온다

내가 홀로 아님을 느껴보는 순간으로
참된 본질에서 제행은 거침새가 없어보인다

통도사 법문에 다가선다
금강계단을 가만히 밟는다
하나는 전체가 되고 전체는 하나가 되는가
풍경 소리가 법계 연기의 엄연함을 알린다
불이不二의 경계를 지난다
되돌아보는 영축의 암벽이 더욱 가파르다

산 · 294

녹색이 맘껏 푸르고 짙은 여름이 평화라면
설한풍의 냉혹이 극성을 부리는 겨울은 전쟁이다
평화와 전쟁, 그 언저리는 어떠한가
여름이 자연의 용솟음치는 생명의 분수라면
겨울은 인간의 치열하고 잔혹한 얼굴이다
자연과 인간, 그 경계가 어떠한가
10월이 되어 인제 대암산, 양구 펀치볼을 찾는다
인제 서흥리에서 큰 용늪 오르고 금강산전망대 지나
꿈에 그리워하던 대암산에 올라 북녘을 보고
하산하여 돌산령 지나 펀치볼 둘레길을 걷는다

대암산은 태백산맥 준령으로 인제 양구 접경이다
동부전선 최북쪽 산으로 6.25 격전지이며
정상 가까이 광활한 고층습원 용늪을 품는다
용늪은 고도 1280m로 하늘 아래 제일 높으며
국내 제1호 람사르습지로 천연기념물이다
용이 승천하려다가 잠시 쉬어가는 곳이라고 하지만
300여 종의 식물, 600여 종의 동물이 평화롭게 산다

4000년의 세월이 빚어낸 생태계의 놀라운 신비는
자연의 힘과 의지를 그대로 잘 드러내고 있다
정상에 서서 북녘 낯익은 금강산은 훔치듯 스쳐보고
발 아래 비무장지대, 펀치볼을 자세히 내려다본다
다툼을 멈추고 서로 화해할 줄 모르는 인간은
언제나 전쟁과 평화의 외줄타기 광대들이다

펀치볼은 태백산맥으로 둘러싸인 야채그릇이며
민통선 내 고지대 분지로 6.25 격전지다
펀치볼 전투, 도솔산 전투, 가칠봉 전투, 전투, 전투
비무장지대[DMZ]의 망령을 잊었는가, 평화스럽다
해안마을은 고랭지 채소 감자 백합으로 이름을 내고
시래기 사과 축제로 청정한 가을 기운을 드높인다
DMZ 펀치볼 둘레길에 들어선다
자작나무들이 도열하여 열병식을 하는 것같다
다시금 생각에 잠긴다, 전쟁과 평화는 무엇인가
파로호에 접근하며 되돌아보는 저 대암산
자연과 인간의 공존은 요원한 것인가

산 · 295

계속되던 대설주의보가 해제되었다
새벽같이 서둘러 평창 선자령으로 향한다
대관령 휴게소에서 새봉 거쳐 선자령에 오른다
눈이 모든 것을 하얗게 덮었다
눈이 모든 것을 정지시켰다
무릎까지 차는 눈을 헤집고 걷는다
마음 속으로 눈이 스며든다
마음이 점차 하얗게 변한다
마음이 더 없이 고요해진다

눈은 산에게 하늘의 메시지를 전한다
눈은 산의 모습을 단순화시킨다
이제 산은 침묵하며 묵상에 잠긴다
순수하게 우주의 힘을 받아들여 잠재력을 키운다
대자연에 추악함의 부재를 알리며
나에게 새로운 갈망을 일으킨다
무엇이 더 절실한가

무엇이 더 우월한가

회사후소繪事後素다

눈같이 하얀 바탕이 본질이다

마음이 희지 않으면 무슨 가치를 담겠는가

시간에 쫓기는 세계를 잊는다

과거 현재 미래가 하나의 화음을 만든다

영원성, 이것은 하나의 환상인가

그 환상이 눈같이 찬란하게 빛을 발한다

눈 덮인 선자령이 영겁의 세월을 말해준다

모든 감정으로부터 벗어나니 우주의 힘이 느껴진다

산 · 296

7월 중순에 접어들자 여름은 더욱 젊어지고
남덕유산이 봉황처럼 앉아 나를 부른다

육십령에서 할미봉 서봉 거쳐 정상에 오르고
월성재 삿갓봉 지나 삿갓골재에서 황점에 내린다
육십령, 백두대간을 덕유에서 지리로 건너 보내는
장수 장계에서 함양 서상으로 넘나드는
60리 60굽이는 장정 60 명이 함께 넘는 고개로
동사면은 남강에, 서사면은 금강에 물줄기 대고
동쪽 저 아래 화림동계곡을 선경으로 거느린다
할미봉, 세상길이 이렇게도 험함을 보여주는 암봉
할미의 등을 타고 올라 가슴팍으로 내려선다

정상, 봉황의 품에서 내다보는 조망은 그림 같다
북덕유 향적봉에서 흘러내린 20km 백두대간은
하늘을 가로지르는 꿈의 종주능선으로 꿈틀거리고
남으로 아득한 갈매빛 지리연봉이 가슴을 저민다

동남으로 남령 너머 월봉이 코 앞에 우뚝 서더니
금원과 기백, 거망과 황석을 데려다가 인사시킨다
서쪽 진안 마이산은 두 귀를 쫑긋 세우고
내가 덕유와 나누는 비밀스런 말을 엿듣는다
월성재에서 동쪽으로 발원되는 월성계곡을 보며
삿갓골재에서 북쪽 무룡산의 꽃내음을 맡는다
원추리와 비비추가 뭇 산꽃들을 거느리고
여름 밤하늘의 별만큼이나 신령스럽고 향기롭다

황점에 내려 월성으로 계곡길을 걷는다
웅장한 산세에 암반을 맑게 두드리는 물길은
하늘을 가로지르는 달과 별의 운행길 같고
남덕유가 물길에 그 덕을 넉넉하게 실어주니
수목은 더욱 푸르고 물은 맑음을 잘 간직한다
본디 청정淸靜은 하늘의 덕이 아닌가
지상의 만물은 언제나 지고의 가치 기준으로 한다

산 · 297

산과 물은 항상 섭리대로 인간을 대한다
그 신비를 찾고 그 언어를 이해하게 되면
그 경지는 어디서나 언제나 영감의 원천이 되고
그 아름다움은 누구에게나 평화와 행복을 결정한다
산과 물은 공감의 대상이 아니다, 때문에
산의 높낮이, 물의 크기의 비교는 무의미하다

양평은 남한강을, 가평은 북한강을 가슴에 품었다가
팔당호에 쏟아부으며 한강의 시작을 알린다
그 가슴앓이가 어떠한가, 그 경계를 밟아본다
양평과 가평은 평지가 적고 산지가 많다
양평 신복리에서 동막계곡으로 대부산 거쳐
유명산에 올라 입구지계곡으로 가평에 닿는다
정상에 서면 동쪽은 우람한 용문이 다가오며
서쪽은 북한 도봉이 서울을 지키며 섰고
북쪽은 청평호 너머로 명지 화악이 우뚝하다

유명산은 낮은 산으로 상냥하다

가혹하지 않고 다정하여 쉽게 친해진다

사방으로 잔물결을 일으키는 능선이 매혹적이고

4km 입구지계곡은 설악을 옮겨놓은 듯하다

울창한 수림 속 소와 폭을 빚어 발길을 잡는다

그 산수경山水景이 묘품이고 일품이라

잠시 노닐고 싶더니 좀더 머물고 싶어진다

어느 산인들 어느 물인들 어찌 마다할까

양평과 가평의 미덕에 새로운 힘을 얻어

정신이 영혼과 함께 하늘처럼 맑아진다

산 · 298

백두대간 덕유와 그 지맥 산들로 장막을 두른
여름날의 거창 위천과 북상은 동천洞天이다
산바람이 긴 계곡을 타고 물바람을 일으킨다
온갖 시비是非, 상쟁相爭, 욕구慾求 따위들
죄다 씻어버리고 마음을 한껏 살려나간다
산속에 하늘이 내려앉으니 온갖 초목 조수들
큰 생기를 얻어 무성하고 튼실하게 뻗어나간다
자신과 더불어 남들을 양육하는 참된 지혜
그것을 넓히는 것은 이곳 산하가 주는 미덕이다

미폭에서 현성산 금원산 오르고 유안청계곡으로
하산하여 월성계곡 위천계곡 수승대에 이른다
현성산은 깎아지른 절벽지대를 가슴팍에 안고
여름 태양에 강렬하게 맞서며 기상을 자랑한다
장중한 화강암에 몸과 마음을 아낌없이 문지르고
사지는 큰 힘을 얻고 정신은 가없이 높고 넓어진다
금원산은 월봉산의 어깨 너머로 남덕유를 연모하며

동남쪽 발 아래 용추계곡을 빚어 동천으로 거느린다
동쪽 사면으로 유안청계곡을 거대하게 펼쳐서
수많은 소와 폭에 지나가는 구름과 바람을 가둔다
이곳에서 빠져나오지 못하면 속절없는 선인인가

수승대, 영남 제일의 동천洞天이다
남덕유에서 발원된 월성계곡과 위천계곡이 빚은
동학동의 신비가 예나 지금이나 뭇 사람을 당긴다
신라로 가는 백제 사신을 송별하는 근심이 서렸지만
조선 유림들의 요수樂水와 관수觀水로
도학의 물길은 더욱 길어 선유仙遊가 청아하다

산 · 299

경기의 최고봉, 가평의 화악산에 오른다
관청교에서 큰골로 1142봉 거쳐 중봉에 서고
1090봉 지나 원점으로 되돌아온다
화악은 경기와 강원의 분기점에 돌올하고
38선이 정상을 동서로 가르며 지나가는
한반도의 정중앙으로 전략적 요충지다
중봉에서의 서쪽 조망은 100km에 달한다

정상에서의 조망은 산행의 백미다
탁 트인 먼 곳을 자주 보면 알게 모르게
착목하는 바가 원대해지고 호연지기가 길러진다
중봉에 서서 먼 곳을 보며 자신을 되돌아본다
나의 호연지기는 어떠한가
도의에 깊이 뿌리 박고 공명정대한가
하늘과 땅에 부끄럼 없는 도덕적 용기를 가졌는가
나라의 먼 날을 위해 무엇을 하고 있는가

인간세는 근심으로 엮여진 그물망이다

하루아침 근심거리가 있고 평생 근심거리가 있다

눈 앞에 닥치는 일상의 근심거리에 사로잡히면

평생의 근심거리인 자기완성은 도모할 수 없다

사람이 원려遠慮가 없으면 반드시 근우近憂가 있다

논어의 말이다(人無遠慮 必有近憂).

무릇 생각이 천리 밖에까지 이르지 않으면

근심은 바로 앉은 자리 밑을 떠나지 않는다

시공 너머로 먼 미래를 꿰뚫는 혜안

이것은 산에서의 조망이 주는 값진 선물이다

산 · 300

나의 뜻은 언제나 순환되고 왕복한다
오늘은 어찌 할 바를 모르겠다
지리에 들어 새로운 지혜를 구한다
중산리에서 법계사 지나 천왕봉에 오르고
중봉을 거쳐 대원사계곡으로 내려선다

긴 계곡을 거슬러 오르니 물은 내려온다
바람을 안고 시간의 등을 타고
근원을 찾아가는구나, 아 가는구나
지리의 기운을 삼키고 토하며
내 벅찬 심장에 풀무질한다

산정에 서니 사방이 아득하고 공활하다
여러 지맥들은 날아 오르며 춤을 춘다
산속의 산들, 서로 밀고 당기며
하나로 뒤섞이는 기상이 창망하다
하나의 거대한 흐름, 우주의 리듬에
하나는 전체이고 전체는 하나인가

대원사계곡으로 내려선다

산수갑산인가, 남명이 찾던 무릉인가

담담한 듯 진하게 희망이 느껴진다

무재치기폭포에 무지개가 높이 걸리고

수목들은 야성을 길러 근원을 보여준다

계곡 끝자락 반석에 앉아 발을 물에 담근다

올려다보는 산 위로 파란 하늘이 지나간다

산 · 301

호남정맥이 훌쩍 뛰어 서해 바닷가에
산봉우리들을 옹기옹기 에둘러 세워 반도 만들고
밖은 외변산, 안은 내변산으로 경계짓는다
외변은 바닷물에 발을 담그고 바람을 벗삼아
강렬한 색채로 멋진 풍모를 내세운다
내변은 이쪽저쪽 계곡 물을 모아 폭포를 내리고
하늘과 땅을 진경으로 빚어 아늑한 승지가 된다

내소사에서 관음봉 오르고 직소폭포에 이르며
월명암 거쳐 쌍선봉에 오르고 남여치로 내린다
변산의 속마음을 온몸으로 문지르니
그 편안함은 말과 뜻이 다다를 수 없고
오직 영혼이 진동하며 무한으로 빠져든다
직소폭포는 한갓 헛된 세속에 흔들리지 않고
구름 우는 소리로 담대하게 산을 노래한다

두 신선이 쌍선봉에 앉아 변산을 즐긴다

아침 바다는 푸른 안개 속에 무연하고
저녁 노을은 구름의 허한 뒷모습을 지우며
중천의 달은 산과 바다를 다시 그린다
채석彩石은 층층으로 곱게 물들어
바다에 강을 덧씌우며 이백李白을 부른다
달은 본시 주인이 따로 없을 터인데
어찌 그렇게도 탐하는가, 헛웃음이 나온다
변산마실길을 신선의 걸음으로 소요하며
산과 바다, 여여의 경계를 오르내린다

산 · 302

마음의 쓰임[用心]은 어디에 있는가

국가의 경영에 있고 개인의 생활에 있다

용심의 바탕은 무엇인가

그것은 도道다

도道는 사상이고 신념의 체계다

도道에는 어떤 것들이 있는가

선도仙道와 불도佛道와 유도儒道 등이 있다

이들 도道의 공통적인 최종 의지처는 산이다

경주는 신라 천년의 고도다

신라는 불도佛道의 나라다

곳곳에 사찰과 석불 석탑이 산재한다

신라의 역사를 안고 소리없이 엎드려 있는

토함산과 남산을 찾는 것은 도道를 구하는 일이다

토함산은 오악의 하나로 서라벌을 옹위하며

김대성이 석굴암과 불국사를 이룩한 성지이다

남산은 수많은 계곡과 산줄기가 연계되어

하나의 거대한 사원이고 정토淨土이다
사상과 문화의 진정한 방랑자가 찾는다면
그는 백세의 스승이 되는 길을 얻을 수도 있다
신라의 정신이 내재된 아름다운 토함산 남산
새소리 바람소리 범종소리에 편하게 잠들고
오가는 인적기에 눈을 뜨고 세상을 살핀다

산 · 303

괴산 도명산道明山에 오르며
산수의 뜻[山水意]을 가만히 살펴본다
화양구곡 산수에 자리잡은 우암 송시열
그는 산중턱 바위에 만절필동萬折必東 새겼다
공자가 동류하는 황하를 보고 자공에게 이른 말로
많은 곡절에도 굴함없는 도道의 지향을 뜻한다
공자는 냇가에 앉아, 가는 것이 이와 같구나
밤낮 정지하지 않는다며, 자강불식을 주문했다

도道는 산에도 있고 산 자체이기도 하다
상주 도장산道藏山에서 도道를 찾아보고
단양 도락산道樂山에서 도道를 즐겨보고
괴산 도명산道明山에서 도道를 밝혀본다
안회는 단표누항에서도 도道를 얻고 즐겼지만
우암은 청산녹수를 벗삼아 선유仙遊하더니
도道의 엄연함을 잃고 그만 노론에 빠졌다

산이여 물이여, 산과 물이 서로 싸고 돈다
산이 높이 솟으면 물은 길게 흐르고
산이 구름의 운기를 품으면 물은 달을 쫓는다
물은 내보내고 산은 받아들이며 진경을 이루고
인자仁者 지자知者를 각향에서 불러 모은다
천지간 존재들 서로 밀고 당기며 도道를 즐기는가
산 따라 물이 깊어지고 바람 따라 수목은 읊조린다

|

시로 그리는 진경산수, 저 장엄한 풍경
— 이수오 시집 『속산정무한』에 부쳐

김복근(평론가·문학박사)

　　우리 선인先人들은 유람을 즐겼고 산수를 좋아했다. 전국에 분포한 명산에는 문화 유적과 문학 담론이 늘비하다. 선조들이 남긴 유산기遊山記를 보면 산에 자주 올라 즐겼음을 알 수 있다. 점필재 김종직, 탁영 김일손, 남명 조식, 미수 허목은 지리산에 즐겨 올랐고, 퇴계 이황은 청량산을 좋아했다는 기록이 있다. 고산자 김정호는 팔도강산을 다니면서 대동여지도를 만들었다. 공자는 '지혜로운 사람은 물을 좋아하고, 어진 사람은 산을 좋아한다'[知者樂水 仁者樂山]라고 하였고, 셰익스피어는 '마음먹고 떠난 사람들은 모두 산꼭대기에

도착할 수 있다'라고 했다. 양사언은 '태산이 높다 하되 하늘 아래 뫼이로다/오르고 또 오르면 못 오를 리 없건마는/사람이 제 아니 오르고 뫼만 높다 하더라'라는 유명한 시조를 남기기도 했다.

이런 유전자는 현대인에게도 이어진다. 특히 이수오 시인은 가히 산에 중독된 분 같다. 그는 수없이 많은 산을 오르내리고 이에 대한 시를 썼다. 이미 200편의 시를 써서 『산정무한』을 펴냈고, 다시 103편의 시를 집필하여 『속산정무한』을 펴내려고 한다.

그는 마산고등학교와 서울대학교를 졸업하고 카이스트에서 생물공학(이학박사)을 전공했다. 국립창원대학교 교수, 구주대학 방문교수, 미국 캘리포니아대학교 방문교수, 경남신문사 논설위원, 국립창원대학교 제2대 제3대 총장으로 재직했다. 시집 『저 높은 곳에 산이 있네』, 『세한행』, 『한내실 이야기』 등 7권을 펴냈고, 『장자의 무하유』 등 5권의 중국 고전을 해석했다. 칼럼집 수필집 전공 서적 등 다양한 저서를 펴내면서 자연과학과 인문학을 통섭하는 저술 활동을 하고 있다.

이런 힘과 지혜는 어디서 나오는 것인가. 시인은 하늘과 땅이 융합한 것을 산이라고 하면서 삶과 사유는 산에서 비롯된다고 한다. 전국의 명산을 주유하면서 참된 사랑과 명상 이미지를 담아낸다. '걷는 것은 명상이다/호젓한 산길, 홀로 걸으면 큰 명상이 된다/ 산길을 그냥 걷고 또 걸으면/번뇌는 자연 소멸되고 마음이 순수해진다/산은 나를 초월하여 존재한다/ 산은 내 생각의 기준이 된다'(「산·289」) 그의 시를 보면 그만의 독특한 산행 벽癖을 볼 수 있다.

이수오 시인은 시로 진경산수를 그리면서 산의 장엄한 풍경을 형상화한다. 화자가 산이 되고 산이 화자가 된다. 자신만의 독특한 감정과 세계관으로 자연과 상상의 세계에 대해 통섭하고 융합하는 내면세계를 보인다. 그리하여 자연에 동화된 자신을 시로 그려낸다. 산과 삶이 버무려져 깊은 의미와 감정을 시詩 속에 함의한다. 그가 보여주는 삶의 방식은 산을 이해하고 공감하는 데서 시작한다. 이를 통해 형상화하는 자연관은 자신만의 오롯한 시적 경험과 내향적 직관을 통해 산과 자연을 재해석하는 돌올한 통찰력을 보인다.

1. 산에 동화된 산인山人

이수오 시인은 산을 좋아한 지가 45년이나 된다. 산

을 너무 좋아하기에 산을 떠나서는 오히려 편안할 수
가 없다. 산은 그의 일부가 되었고, 그는 산의 일부가
될 정도로 산을 좋아한다. '산은 바라보기만 해도 좋
고, 산의 그늘에 들거나 오르면 더욱 좋다'는 사실을
머리글에서 밝히고 있다. '산은 높이 오를수록 더욱
깊어진다'.(「산·206」) 산과 함께 살면서 산에 동화된 시
인임을 그의 시가 말해준다.

> 이끼계곡에서 숲의 요정을 만난다
> 이끼들, 얼마나 눈부신 생명의 힘인가
> 태고적 우주적 진화를 거듭하고 거듭하니
> 밀림을 관류하는 물줄기는 마냥 즐겁다
>   ─「산·201」, 3연

> 사람이 산에 제대로 들면 선仙의 경지인가
> 숲을 헤치고 물길을 넘나들며 암벽을 오르고
> 하늘을 머리에 이고 정갈하게 마음을 가다듬는다
> 한 걸음 한 걸음에서 나한羅漢을 볼 것인가
> 걸어온 길은 흔적이 없고 하늘 한 자락만 눈에 든다
> 이윽고 정상에서 맞는 일출, 번뇌는 한순간에 떠나고
> 지리의 큰 은혜에 내 모든 것을 내맡긴다
> 비로소 나는 산이 되고, 산은 내가 되었다
>   ─「산·202」, 3연

「산·201」에 나오는 국립공원 가리왕산은 100대 명
산으로 일컬어지는 유명한 산이다. 경관이 수려하고,
활엽수가 많다. 특히 백두대간의 중심으로 주목 군락
지가 있어 산림유전자원보호림과 자연휴양림으로 지
정될 정도로 가치가 있는 산이다. 화자는 이 산을 오
르면서 산의 후덕厚德함을 느낀다. '장구목이'를 오르
면서 '굳셈과 부드러움으로' '몽매를 풀고' '지덕地德'
과 '천덕天德'을 배운다. '이끼계곡에서 숲의 요정'을
만난다. 화자는 이끼를 보면서 '눈부신 생명의 힘'을
느끼고, '우주적 진화'를 거듭하면서 '밀림을 관류하
는 물줄기는 마냥 즐겁다'라고 한다. 그는 산을 오르
지만, 단순하게 산만 오르는 것이 아니라 '이끼계곡'의
'생명력'과 '어은계곡'의 '용의 문을 넘보는 이무기',
'용탄천'의 '열목어'를 보면서 천도天道를 따르고 있다.
    시인은 지리산 천왕봉을 유달리 좋아한다. 첫 산
행지였던 칠선계곡에서 천왕봉(「산·202」)을 다시 오르
며 당시의 감회를 회고한다. '신선의 길, 승천의 길'을
걸어 가면서 '사람이 산에 제대로 들면 선仙의 경지'
에 이르게 되는가를 자문자답한다. '숲을 헤치고 물길
을 넘나들며 암벽을 오르고/하늘을 머리에 이고 정갈
하게 마음을 가다듬는다'. 드디어 '걸어온 길은 흔적

이 없고 하늘 한 자락만 눈에 든다'. '정상에서 맞는 일출'로 '번뇌는 한순간에 떠나고/지리의 큰 은혜에 내 모든 것을 내맡긴다'. 드디어 그는 '산이 되고' '산은' 그가 된다.

설악의 심장부는 어디에 있는가
공룡능선에 있다
공포를 자아내며 웅장하게 도열한 기암괴석
그것은 심장을 덮고 있는 갈비뼈들이다
마등령에 올라 신선대를 향해
공룡의 갈비뼈 어루만지며 횡단하면서
설악의 힘찬 심장의 박동소리를 듣는다
내 작은 몸을 죄다 녹이고 영혼마저 잃게 하는
무서움과 놀라움의 강력한 소리다

본시 공룡능선은 신선들의 정원이다
무엇으로도 변할 수 있는 자유자재의 신선들
그 신선들의 그림자라도 밟을 수 있을까
설악의 심장에서 내뿜는 웅기雄氣로
굽이굽이 풍광에 취해 흔들리고 비틀거리는
내 안의 속기俗氣를 마저 털어낸다
점차 자연의 이치에 순치되면서
그 무엇에 의존하는 것이 확연히 줄어든다

이렇게 해서 설악을 벗어나면 나의 몸과 마음

푸른 하늘 편하게 건너가는 한점 흰 구름 되리라

- 「산·215」, 전문

　　에베레스트 원정대가 히말라야 원정을 하기 위해 등반훈련을 하는 곳이 바로 공룡능선이다. 화자가 '설악의 심장부'라고 하는 공룡능선은 마등령에서 신선암까지의 능선을 가리키며, 영동·영서를 분기점으로 내설악과 외설악을 가르는 설악의 중심 능선을 말한다. 내설악의 가야동계곡, 용아장성을 한눈에 바라볼 수 있으며, 외설악의 천불동 계곡부터 동해까지 시원하게 펼쳐진 절경을 볼 수 있는 곳이다. 공룡능선은 생긴 모습이 공룡이 용솟음치는 것처럼 힘차고 장쾌하게 보여 붙여진 이름이다. 구름이 휘감은 공룡능선의 모습은 마치 신선의 영역을 보는 듯한 초절정의 아름다운 경치를 보여준다. 국립공원 탐방로 난이도 1위, 국립공원 100경 중 1경, 설악산 10경 중 1경 등 우리나라 최고난도 최고 절경을 자랑하는 등산로가 바로 공룡능선이다. 이 절경을 오르는 화자의 감회는 남다르다. '마등령에 올라 신선대를 향해/공룡의 갈비뼈 어루만지며 횡단하면서/설악의 힘찬 심장의 박동소리를 듣는다/내 작은 몸을 죄다 녹이고 영혼마저 잃게 하는/무서움과 놀라움의 강력한 소리다'. 공룡능선의 암릉미는 빼어나며 계절에 따라 그 아름다움 또한 남다르다.

얼마나 아름다우면 '공룡능선'을 '신선들의 정원이'라고 하겠는가. '무엇으로도 변할 수 있는 자유자재의 신선들/그 신선들의 그림자라도 밟을 수 있을까'를 자문하면서 화자는 '설악의 심장에서 내뿜는 웅기雄氣로/굽이굽이 풍광에 취해 흔들리고 비틀거리는/ 내 안의 속기俗氣를 마저 털어낸다'고 한다. '이렇게 해서 설악을 벗어나면 나의 몸과 마음'은 '푸른 하늘 편하게 건너가는 한 점 흰 구름 되리라'라고 한다.

'능선과 계곡, 암릉과 침봉이 장엄 화려하다. 공룡능선은 되돌아보게 하는 마력을 가졌다. 오르내리며 열 걸음 스무 걸음만 걸어도 뒤를 돌아보아야 한다. 멀리 1275봉이 보이는가 하면 광배 두른 울산바위가 위용을 자랑하고, 뒤따르는 암봉들이 자신을 보라 손짓한다. 과연 절경이다. 마침 시간은 여유롭다. 하늘은 맑고 푸르다.' 평자의 수필 「신록 설산」의 한 대목이다. 공룡능선은 내설악과 외설악의 경계를 이루고 있는 마등령으로부터 무너미고개 사이의 5.1km 구간을 말한다. 이 구간은 거대한 공룡의 등뼈를 연상시키는 울퉁불퉁하고 기묘한 화강암 봉우리들이 용트림하듯 줄기차게 이어지고 있어 설악산 최고 경관을 자랑한다. 능선 동편에는 속초 넘어 바다가 보이고, 서편에는 용의 이빨처럼 날카로운 봉우리들이 늘어서 있는 용아장성, 그리고 귀떼기청봉으로부터 안산에 이르기까지 하늘과 맞닿은 채 달려가는 장쾌한 서북능선이 둘러싸고 있어 그야말로 장관을 이루고 있다.

산이 '세상에 이로움을 주려고', '자신과 더불어 남을 양육하는 지혜'(『산』270)를 보여주며, '바위 숲을 헤집고 안고 오르면 가슴이'(『산』275) 뛰면서 '무하유지향無何有之鄕'(『산』276)을 느끼기도 한다.

2. 노자 장자와 함께하는 산행

이수오 시인은 '배낭에 「장자의 무하유」 한 권을 넣고/홍천과 인제의 경계, 가칠봉으로'(『산』234) 갈 정도로 노장사상에 심취해 있다. 화자의 자연 친화 사상은 도가에서 비롯된 것으로 보인다. 그는 자연 그대로를 지향하는 무위자연無爲自然의 마음가짐과 명성이 높고 위상이 커질수록 자신을 낮추어야 한다는 공수신퇴功

遂身退의 처세가 몸에 배어 있다. 근심의 근원이 되는 자기의 몸과 마음을 내리고 허정虛靜과 염담恬淡의 심경으로 자연의 법칙에 따르면서 자주적인 삶을 위해 산과 함께 초연하게 노닐고 싶어 한다.

산의 푸른 벨벳 위로 바람이 분다
가을바람이다, 차가운 바람이다
정겹게 넘쳐나던 푸르름 끝에서
나무들은 일제히 숨고르기에 든다
겉으로 잎들을 따뜻하게 전송하고
안으로 견고하게 본질을 완성한다

무시무시한 비밀을 간직한 듯이
크고 작은 가지들은 수근거린다
어떻게 매무새를 갖추고
어떤 바람에 붙을 것인가
잎들은 나무를 떠날 채비에 바쁘다
나무를 떠난 잎들, 가을빛에 채색되어
낯선 바람에 붙어서 떠난다
아주 먼 곳으로 가는가
가는 듯하다가 곧 내려 땅에 붙는다
땅은 본시 잎들이 태어난 모태가 아닌가

가을은 어머니께로 돌아오는 계절이다
흰 구름 타고 한없이 날아보고 싶지 않았던가
동경과 무량한 매혹 때문이겠지만
꿈에서 꿈으로 방황의 결과일지라도
이제는 젊은 날의 축제, 여름의 환희도 잊고서
그래서 그냥 귀향하는 나그네의 발길이다
　　　 －「산·225」, 전문

만물을 있게 하고 변하게 하는 도道는
무엇이며 어떻게 터득할 수 있을까
노자의 말이다
도는 볼 수도 잡을 수도 느낄 수도 없다
도라고 말하면 상도常道가 아니다
장자의 말이다
도는 개미에 기와에 똥이나 오줌에도 있다
도는 존재의 근원으로 초월하여
동시에 각각의 사물에 내재하고 있다
도는 어디에 있다고 한정할 수 없다

온 천하가 길을 잃고 있다
올바른 길은 어디서 찾을 수 있을까
오늘은 도가 감춰 있을 것 같은 도장산에 간다
도장산은 상주 화북과 문경 농암에 걸쳐 있다

쌍룡계곡 용추교에서 심원사 거쳐 정상에 오른다

산세는 암봉과 노송, 계곡과 폭포가 수려하다

(하략)

- 「산·269」, 1, 2연

노자는 최고의 선善은 물과 같다[上善若水]고 한다. 물은 조건 없이 모습을 바꾸며 쉽게 적응한다. 「산·225」에서 바람과 세월은 물과 동의어로 사용된다. '바람'과 '세월'은 물과 같이 모습을 바꾸며 쉽게 적응한다. '산의 푸른 벨벳 위로 바람이' 되어 불어온다. 정이 넘치던 '나무들은' '숨고르기'에 젖어들면서 '겉으로 잎들을 따뜻하게 전송하고/안으로 견고하게 본질을 완성한다'. '잎'도 '나무를 떠날 채비에 바쁘다'. 순환의 촉진제 역할을 하는 바람은 '나무를 떠'나는 '잎들'을 '가을빛에 채색'하면서 '낯선 바람'과 함께 멀리 떠나보낸다. '먼 곳으로 가는'듯한 '잎'들은 '모태'인 '땅'을 도로 찾아 내려앉는다. 화자는 바람과 세월이 물과 같이 흘러가는 것을 보면서 물을 상선약수라고 한 노자의 사상에 화자의 사고를 더하여 해석한다. 탁견이 아닐 수 없다.

이러한 무위사상은 「산·269」에서도 볼 수 있다. '온 천하가 길을 잃고 있다'. 길 잃은 세상에서 화자는 '올바른 길'을 찾아 '도가 감춰 있을 것 같은 도장산에 간다'. '도는 볼 수도 잡을 수도 느낄 수도 없다'는 장자의 말을 생각하면서 '도는 개미'와 같은 미물이나 '기와'와 같은 사물, '똥이나 오줌'과 같이 하찮은 것들에도 함의되어 있음을 본다. 그리하여 '도는 존재의 근원으로 초월하며', '각각의 사물에 내재하고 있'음을 알게 된다. 때마침 불어오는 '맑은 바람'을 안고 '가슴을 한껏 열어젖힌다'. 그가 산을 즐겨 찾는 것은 물과 바람과 세월을 보내면서 길道을 찾는 것과 다름없다.

산은 바람을 불러올린다
바람은 산의 부름에 언제나 순종하며
산을 신神의 모습으로 우러러본다
바람은 위로 불어가면서
산의 존재자들을 역력히 살펴본다
생기를 북돋우고 기세를 드높이며
모두가 범속을 초탈하게 한다

산은 바람을 아래로 내려보낸다
바람은 아래로 내려가면서
산의 덕德을 사방으로 전한다
풍류로 산의 품격을 드러내며

고상하고 바른 시가詩歌를 짓는다
구름을 안고 내리는 고원高遠한 바람은
세상의 변화를 크게 도모한다

산이 산을 겹겹으로 아우르면
바람은 오르지도 내리지도 않는다
움직임이 다하면 멈춤이 오고
멈춤이 다하면 움직임이 온다는 것은
하늘과 땅 사이 모든 존재자들의 운명인가
첩첩산중이라 제 위치를 헤아리면
온갖 지각을 저버린 허정과 멈춤을 누리리라
        - 「산·220」, 전문

　바람은 '기압의 고저에 의하여 일어나는 공기의 움직임'을 말한다. 공기는 눈에 보이지 않지만, 사물이 움직이는 현상을 보고 바람이 불고 있음을 알 수 있다. 바람은 낮과 밤에 따라 그 방향이 바뀐다. 낮에는 골짜기에서 산 위쪽으로 바람이 분다. 햇빛에 더워진 공기가 위로 이동하기 때문이다. 이런 자연 현상을 보면서 화자는 '산은 바람을 불러올린다'고 한다. '바람은 산의 부름에 언제나 순종하며/산을 신神의 모습으로 우러러본다/바람은 위로 불어가면서/산의 존재자들을 역력히 살펴본다/생기를 북돋우고 기세를 드높이며/모두가 범속을 초탈하게 한다' 밤이 되면 '산은 바람을 아래로 내려보'내면서 '산의 덕德을 사방으로 전한다'. 바람의 흐름을 따라 '산의 품격을 드러내'면서 '고상하고 바른 시가詩歌를 짓'기도 한다. '구름을 안고 내리는 고원高遠한 바람은/세상의 변화를 크게 도모'하기도 한다. 자연自然에서 부는 바람은 주기적으로 불게 됨을 알게 된 화자는 '산이 산을 겹겹으로 아우르면/바람은 오르지도 내리지도 않는다'는 사실을 깨닫게 된다. '움직임이 다하면 멈춤이 오고/멈춤이 다하면 움직임이 온다는 것'을 알게 된 '하늘과 땅 사이 모든 존재자들'은 '온갖 지각을 저버린 허정과 멈춤을 누리게 된다고 한다. 산에 동화된 시인이 산에서 깨친 삶의 진리를 노래한 가작으로 읽힌다.

　화자는 '산은 세월을 증언한다'라고 말하면서 세월을 물과 같은 의미로 사용한다. '산이 삶의 수단으로 바뀔 때/ 산은 속앓이가 심해진다'면서 '유의가' '무위를' 대체할 수 없다. (『산·230』) '험난한 길도 덕德이 굳건하면 서슴없고, 무난한 길도 낙樂이 지나치면 후회가 따른다'. (『산·255』) '산은 도인道人처럼 우뚝 서 있는 것 같기도 하고/가부좌를 틀고 벽면에 기대고 앉은 듯하다'. (『산256) 인간은 산을 닮아 산의 깨우침을 얻고 싶어 한다는 화자의 생각이 시편 도처에 깔려있음을 본다.

3. 시로 그린 백두대간 진경산수

백두대간白頭大幹은 한반도의 뼈대를 이루는 산줄기이다. 서해와 동해의 품에 안겨 낙동강 수계의 분수령이 된다. 산줄기는 백두산에서 시작하여 동쪽 해안선을 따라 남쪽으로 지리산까지 이어진다. 한반도의 산줄기체계는 하나의 대간大幹과 하나의 정간正幹, 13개의 정맥正脈으로 이루어져 있다.

선인들은 산을 강과 바다를 포함하는 개념으로 보고, 산천의 아름다움을 노래하면서 우리 고유의 역사와 문화를 창조했다. 산을 아끼고 사랑하여 산에 동화된 시인은 저 많은 산을 오르내리면서 불교 취향의 초월사상으로 백두대간에 대한 시의 진경산수를 그려낸다.

여름과 겨울 사이로
기쁘게 하나의 길이 일어서고 있습니다

한여름의 무덥고 짧은 생각과

한겨울의 차갑고 헐거운 행동으로는

결코 닿을 수 없는 그곳으로 가는

이 길이 어머니께서 예비해두셨다는 것을

이제사 조금은 알 것 같습니다

오도산悟道山을 오르듯

가을의 길 위에서는

앞서가는 사람, 뒤따라오는 사람 없어도

생生을 찬미하는 소리로 가득합니다

어머님, 언제 이처럼 가벼워진 적이 있었습니까

바람과 빗방울, 그 속을 꿰뚫는 무량겁無量劫

허물어졌던 탑 하나 일어섭니다

　　　- 「산-218」, 1, 2연

용문산은 깨달음의 산이다

용문사 법당의 목탁 소리가 끊이지 않는다

천년수 은행나무는 수도승이 되었는가

살아있는 화석으로 불멸의 자세로 섰다

용문사에서 정상 가섭봉에 오름은

용문龍門을 두드리는 정진의 일이다

바위에 마음을 끊임없이 문지르면

사악함은 사라지고 텅 비게 되어

나는 산이 되고 산은 내가 됨을 깨닫는다

　　　　　 - 「산·259」, 2연

서산 팔봉산은 서기瑞氣가 어려 있다

절반은 암봉이고 또 절반은 육봉이다

태안반도 너머로 서해를 내려다보며

옹골찬 모습으로 하늘과 짝을 이룬다

바위 숲을 헤집고 안고 오르면 가슴이 뛴다

내가 바위가 되고 바위가 내가 된다

바위 사이로 올려다본 하늘에서

상서로운 구름이 가만히 내려앉는다

　　　　　 - 「산·275」, 2연

　산을 향하는 시인의 발길은 끝이 없다. '여름과 겨울 사이'에서 '오도산'은 '하나의 길이' 되어 '기쁘게'(「산·218」) 일어선다. '한여름의 무덥고 짧은 생각과/한겨울의 차갑고 헐거운 행동으로는/결코 닿을 수 없는 그곳으로 가는/이 길이 어머니께서 예비해 두셨다는 것을/이제사 조금은 알 것 같'다. '오도산悟道山을 오르듯/가을의 길 위에서는/앞서가는 사람, 뒤따라오는 사람 없어도/생生을 찬미하는 소리로 가득'하다. 번뇌에서 벗어나 깨달음의 세계로 들어가는 몸과 마음이 가벼워짐을 느낀다. '바람과 빗방울, 그 속을 꿰뚫는 무량겁無量劫/허물어졌던 탑 하나 일어'선다고 한다.

무량겁無量劫은 아승기겁阿僧祇劫의 산스크리트어로 무한한 숫자를 뜻하는 '아승기'와 시간을 뜻하는 '겁'이 결합하여 헤아릴 수 없는 긴 시간과 큰 수를 의미한다. 그 긴 시간 수행하여 최상의 깨달음을 얻어 탑 하나를 세운다니 득도의 경지에 다다름이 아닌가.

그리하여 「산·275」처럼 '산에 오르면 사악한 마음은 사라지고, 온몸이 상쾌해진다. '상서로운 감응을 얻'게 되어 '삶에 희망과 위안을 얻게 된다. '서산 팔봉산은 서기瑞氣가 어려 있다/절반은 암봉이고 또 절반은 육봉'으로 '태안반도 너머로 서해를 내려다보며/옹골찬 모습으로 하늘과 짝을 이룬다'. '바위 숲을 헤집고 안고 오르면' 드디어 '내가 바위가 되고 바위가 내가 된다'. '서기'를 품은 '바위'는 상서로운 기운을 얻게 되고, '험난한 일'도 '순리대로 다스리게' 될 것이다. 산이 주는 또 다른 깨달음이 아닐 수 없다.

산은 바다를 그리워한다
줄기차게 바다로 달린다
대간 정맥 지맥의 끝에서 바다에 닿는다
산은 언제나 바다를 향할 때 빛난다

해와 달이 바다에서 떠오르기 때문이다

바다는 산을 저만치로 밀어낸다

바람에 포말을 실어보내 달랜다

산다움에서 의젓하길 바라기 때문이다

산은 세상에 이로움을 주려고 한다

온갖 초목과 금수가 생기를 잃지 않고

두루 함께 즐기는 존재의 무리가 되고

자신과 더불어 남을 양육하는 지혜를 준다

산 위에서 바라보는 바다는 어떨까

기장 일광에 있는 달음산에 간다

북녘은 깎아지른 기암절벽이 병풍 같고

남녘은 완만하고 넉넉하다

정상에는 거대한 한 마리 독수리가 앉아

동해 창파 너머로 수평선을 응시한다

아, 저 아득한 푸른 수평선은

크고 작음, 멀고 가까움, 오르고 내림의 기준인가

해와 달이 저 수평선에서 오르고 내리는구나

달음산이 여기서 바다를 그리워함을 알겠다

　　　- 「산·270」, 전문

추운 겨울이다. 시인은 부산 기장에 있는 달음산

(「산·270」)에 오른다. 달음산達陰山(588m)은 기장 8경 가

운데 1경으로 천 명의 성인이 나와 전쟁의 참화를 피할 수 있었다는 이야기가 전해진다.

남부 동해안의 절경과 기장군 일대가 시야를 사로잡는다. 급경사가 많아 초보자가 오르기 쉽지 않지만, 산꼭대기의 닭벼슬 모양을 한 기암괴석과 산 정상에서 가장 높은 취봉, 좌우의 문래봉과 옥녀봉, 그리고 병풍처럼 둘러쳐진 기암절벽이 보여주는 장관은 산행의 고단함을 잊게 한다.

'바다를 그리워'하는 '산'은 '줄기차게 바다'를 향해 달린다. '산'은 '바다를 향할 때 빛난다/해와 달이 바다에서 떠오르기 때문이다'. 그러나 그 '바다는' '산'이 '산'답게 '의젓하기'를 바라는 마음에서 '저만치' 밀어내기도 한다. '산은 세상에 이로움을 주'고 싶어 한다. '초목과 금수가 생기를 잃지 않고', '즐기는 존재의 무리가 되'어 '자신과 더불어 남을 양육하는 지혜를' 주면서 '저 아득한 푸른 수평선'을 바라보며, '바다를 그리워함을 알'게 된다.

'산을 좋아하여 오르는 것은 자연을 좇는 일이다'.(『산·273』) 그리하여 '백두의 하늘을 우러러 무욕에 이르면'(『산·204』) '오직 자유, 절대 자유를'(『산·276』)' 만끽하며, '구름은 하늘을 걷고 나는 땅을 걷는다'.

(「산·236」) 시인이 산을 오르내리는 이유를 쓴 시편들이다.

　언젠가 시인과 등산에 대해 차담茶談을 나눈 적이 있다. 시인께서는 100대 명산은 올랐고, 200대 명산을 찾아다닌다고 했다. 혼자서 다니면 위험하지 않으냐고 하였더니, '산 좋아하는 사람이 산에서 죽으면 영광'이라며 의기양양하던 모습이 떠오른다. 평자도 간혹 산을 오르지만, 놀라지 않을 수 없었다. 그렇다. 산에 오르는 일은 자신의 삶을 긍정적으로 전환하여 활력을 얻기 위한 의지의 발로와 다름없다. 시인의 시를 읽으면서 화자는 산을 오르내리며, 세간의 번뇌를 씻어 버리고 마음을 맑게 하여 깨달음을 얻는다는 사실을 알게 된다. 대자연 속에서 자연과 하나가 되어 생명의 힘을 느끼고 환희하고 경탄한다. 산에 오르는 것은 창조적 능력, 강인한 의지, 충만한 정신력을 되찾는 일임을 알고 수행하듯 실천한다.
　시인은 흐르는 물을 보면서 우주의 지智를 체득하고, 우뚝 선 산의 모습을 본받아 묵묵히 인仁과 덕德을 함육涵育한다. 산에 오르기 위해서는 단단한 체력과 굳센 정신이 필요하며, '사랑이 무엇인가/인간이란 무엇인가/ 존재란 무엇인가'(「산·228」)를 자문자답하면서 홀로 하는 산행이야말로 참된 산의 아름다움을 만나게 된다는 사실을 알게 한다. 그리하여 그 내면을 가꾸고 비우고 채우며 시로 승화한다. 글과 그림, 그리움은 그 어원이 '긁다'에서 나와 뿌리가 같은 말이다. 마음이 긁히면 그리움이 되고, 글자로 긁히면 문학이 되고, 그림으로 긁히면 회화가 된다. 가슴에 그리움을 안고 사는 시인은 하루 한 편의 시를 긁어내면서 간단없이 시작詩作하는 삶의 치열함을 보인다. 시인이 앞으로 얼마나 더 많은 시를 쓸지 알 수 없지만, 지금도 건강하게 산과 강, 바다를 주유하면서 시를 쓰고 있으니, 이 청신한 작업은 계속되어 어수선한 사회의 지남指南이 되리라 확신한다.□

남기고 싶은 말

남기고 싶은 말

시와함께(Along with Poetry) 시인선 035

이수오 시집

속산정무한

발　행　2025년 4월 24일

지은이　이수오

펴낸이　양소망

펴낸곳　도서출판 넓은마루

주　소　(03132) 서울특별시 종로구 삼일대로 30길21, 410호(낙원동, 종로오피스텔)

전　화　02-747-9897, 010-7513-8838

이메일　withpoem9@daum.net

출판등록　제2019호-000100호

인쇄 · 제본　(주)지엔피링크

저작권자 ⓒ 2025, 이수오

ISBN 979-11-90962-43-8(04810) 979-11-90962-04-9 (세트)

값 14,000원